少年绘

I ♥ U
Love

柚子多肉\著

宁波出版社
NINGBO PUBLISHING HOUSE

图书在版编目（CIP）数据

恋爱选我，我超甜 / 柚子多肉著．— 宁波：宁波出版社，2020.7

ISBN 978-7-5526-3949-0

Ⅰ．①恋… Ⅱ．①柚… Ⅲ．①短篇小说－小说集－中国－当代 Ⅳ．① I247.7

中国版本图书馆 CIP 数据核字 (2020) 第 111103 号

恋爱选我，我超甜　柚子多肉 著

出版发行	宁波出版社
地址邮编	宁波市鄞州区甬江大道 1 号宁波书城 8 号楼 6 楼 (315040)
网　　址	www.nbcbs.com
选题策划	赵　雷
责任编辑	孙秀秀
责任校对	朱璐艳
特邀策划	紫　总
装帧设计	啁　啁
封面绘制	木一森
印　　刷	三河市嘉科万达彩色印刷有限公司
开　　本	880 毫米 ×1250 毫米　1/32
印　　张	7.5
字　　数	240 千字
版　　次	2020 年 7 月第 1 版
印　　次	2020 年 7 月第 1 次印刷
标准书号	ISBN 978-7-5526-3949-0
定　　价	35.00 元

本书若有倒装、缺页影响阅读，请与承印厂联系调换，联系电话 010-57735441

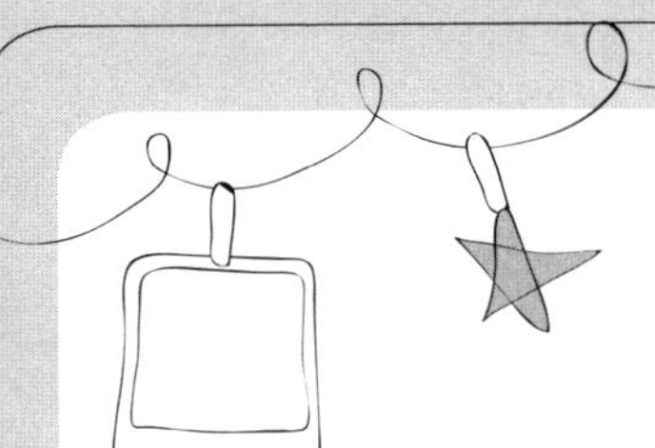

目录

CONTENTS

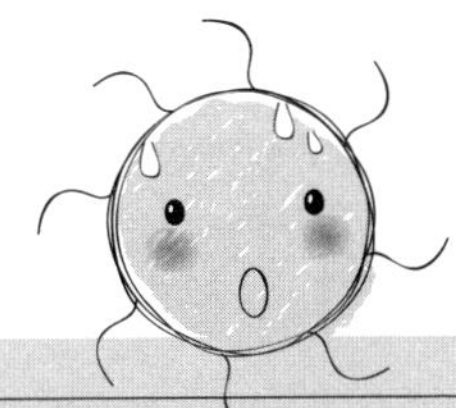

有个游戏打得好的男朋友

最近游戏的比赛积分真的掉到我怀疑人生。

好友列表里的人都被我坑到看到我上线就假装不在或者立刻开局一分钟的地步了。

曾经对我说“我带你”的人，一个个早就丢下我带别的妹子去了。

我质问一个躲着我的“王者”段位的小姐姐为什么不带我玩了，小姐姐说她在带别的小姐姐。

我顿感受伤：“啊？为什么要带别的小姐姐？是我不够可爱吗？”

“你可爱啊。”小姐姐发了一个笑脸过来，“你可爱就可爱在，实力坑队友。”

我超委屈的，“我没有练英雄啦。”

“0-18的‘韩信’，不是在练英雄？”

“我的‘韩信’两百多场了。”

我顿了顿：“告辞！”

双排打不过敌家，单排骂不过队友，这个游戏对我很不友好。

我摸了摸我的英雄池，感觉很寂寞。

刚准备下线，消息列表里就弹出了一条新信息。

陈述：怎么还在铂金段位[1]？

我看到这句话当时就想卸载游戏了。

1《王者荣耀》七个段位之一，七个段位由低到高分别是：倔强青铜、秩序白银、荣耀黄金、尊贵铂金、永恒钻石、至尊星耀、最强王者。

怎么偏偏是他来问我？

曾经有一个玩游戏很厉害的男生出现在我面前（说要和我凑成一对），我没有去珍惜，因为声控的我觉得人家声音不好听，直到我现在还在“铂金”徘徊，而他已经去了荣耀王者我才追悔莫及。

如果上天再给我一次机会，我一定会对那个男生说一句：“带我打排位赛吗小哥哥？我们可以凑成一对哦。”

如果要在这段关系上加个期限，我希望是，这个赛季（就够了）。

这个男生就是他。

我觉得做“上分狂魔”很不好，吃回头草也很不好。

所以我很高冷地回复他：带我打排位赛吗小哥哥？我们可以凑成一对哦。

陈述：哈哈哈哈哈哈哈哈哈哈哈哈哈哈哈哈。

我还在紧张他会不会已经有对象了，他就回复了一个字：来。

我瞬间热血沸腾。

天哪！终于有人愿意带我了，还是被我拒绝过的人。

我：可是我们段位……

陈述：我有小号，你等我一会儿。

两分钟之后，他小号“陈述带小可爱”加了我。

我：小可爱是谁？

陈述带小可爱：是你。

我：嘻嘻嘻。

我：哇，你小号段位和我一模一样哎。

陈述带小可爱：嗯。

我开了“房间”拉他进来，问他：我要玩什么啊？

陈述带小可爱：你玩什么都行。

哇，我简直要心动了。

以前和他玩游戏也是，他从来不会对我说“玩辅助不要送人头”之类的话，输了也不会怪我，只会说是自己大意了。

人是相当的好。

而且无论我玩得多菜，他都会很耐心地教我：

“靠后一点。

“对面法师很厉害的时候，你出个魔女。

“我们亲爱的队友是个傻子，你不要跟他吵架。”

只不过无论他怎么教都教不好。

我记得“出个魔女”这句话，他说了不下十次，而我次次都不记得。

我开始了游戏。

切进选英雄环节的时候，我最先选了法师。

结果二楼也选了法师，还亮了一下战绩，OK，一百场，胜率是百分之七十。

我换了射手，结果三楼也选了射手，还敲字说：射手位给我，带飞。

我又换了个辅助，结果四楼也选了辅助，说和三楼是双排，两人要打配合的，让我让位置。

有人“扑哧”笑了一声。

谁在笑我？

我定睛一瞧，屏幕上显示只有陈述开了语音。

“小可爱你玩个体力多一点的上单[2]，我打野[3]。”

我愣住了。这边界面已经在倒计时了。

“Hello？听得到吗？”

我手忙脚乱，最后不小心点了法师职业。

“听不到吗？”他的声音有点郁闷。

“听……听得到。”我小声说。

他又笑了一下，“听得到还选法师？”

“我法师很强的！”我强撑着说。

2 出自游戏《王者荣耀》，多见于电子竞技类游戏，指以上路兵线为获取经验的主要方式。

3 出自游戏《王者荣耀》，多见于电子竞技类游戏，指以野区资源为获取经验的主要方式。

“嗯，是很强。”他一点也不拆我台，还很温柔地说：“前期记得猥琐，等我来帮你抓人。”

“好。”

我犹豫了一下，还是忍不住问：“那个，你是陈述吧？”

“是啊，怎么了？”

“声音好像跟上次不一样。”我严重怀疑是有人拿他的号在玩。

“不一样吗？可能是我之前跟你玩的时候感冒了，喉咙发炎，所以声音很奇怪。”他说，“一直都是我在玩，我不借号给别人玩的。”

啊，原来是这样。

现在想想确实是，那会儿他的声音沙哑得像小老头，说话喉咙里总卡着痰。

原来真的是生病了。

这一局打得稀巴烂。

我们没有高体力的队友，扛不住，被对方追着打。

最主要还是因为我，心不在焉。

心不在焉也不怪我，主要是，陈述一直在我耳边讲话。

“往后退一点，塔可以掉，你不能死。”

“我要过来抓人了，你有技能吗？人头给你。”

“出个梦魇，小可爱。”

声音又温柔又好听，还总是笑，我闪现撞墙，他笑；我走进敌人的技能里，他笑；我死了，他还笑。

这要我怎么打？

但是大神就是大神，即便在这种情况下，他也能淡定地上路，淡定地拿下胜利。

末了还夸我：“要不是你上路守得好，我也赢不了。”

我简直想尖叫。

第二局我们匹配到的队友正常一点了，进去之后，陈述带我去战斗，一不小心把对面五个人团灭了。

陈述拿了五杀。

六分钟的时候，对面投降了。

我还要再开第三局的时候，他拒绝了。

“睡觉了，明天还要上班。”

我有点失望，“哦……”

“加个微信？”他说，“明天继续带你打。”

我：“好！！！”

他留了个微信号就下线了。

我觉得女孩子还是应该矜持一点，所以没有立即加他，而是又打了一局。

呃，惨败。

然后才加了他微信。

我以为他已经睡了，没想到好友请求发送过去后，他立刻就通过了。

我：不是说睡觉了？

他：看到你又开了一局，没忍住进去观战了。

我顿时无语。

他：刚刚那局还是蛮有机会赢的，如果最后一波团战你没有卡住的话。

“早点睡觉。”我给他发语音，“明天有空再带我。”

“嗯。睡之前还想确认一下，你刚刚说的话算数吗？”

他这句话温柔又悦耳，听得我耳朵都红了。

“什么话？”我故意问。

“‘我们可以凑成一对’那句。”

“算话……你现在应该没有对象吧？”

“我没有，你有男朋友吗？”

“没有。”

“好的。”

我就这样网恋了。

有个游戏打得好的男朋友是什么感受？

今天我也可以去某乎炫耀一下了。我郑重地写下了我的答案：谢邀。二十连胜了解一下？一个周末就把我带上了星耀，晚上还要继续冲击王者呢。不过我真的很弱，感觉有点难。可是他人超温柔的，每次输了都是在反省自己，不会怪我，甚至都不会怪队友，每次我跟队友吵架生气了，他就送我游戏皮肤哄我，还花钱帮我凑了全套装备。

回答之后下面瞬间就有了几条评论。

——根本没有人邀你好吗？Show！

——我为什么要进来吃狗粮？呜呜呜。

晚上陈述上线得有点晚了，我在“房间”里等了十分钟，他才进来，进来之后也不开语音，只是打字跟我打招呼：小可爱，晚上好！久等了！

“干吗呢？”我问，“语音开开，我要听你的声音。”

他打字回复：现在不太方便。

我酸溜溜地问：“哦，是不是跟别的小姐姐在一起啊？”

他：没有小姐姐，我只有你一个小姐姐。

我：那你把语音开开。

他只好把语音开了解释道：“我一个人呢，在医院挂药水，哪里来的小姐姐？”

声音沙哑，夹杂着闷咳。

“啊？”我愣了，“你生病了？”

“嗯，昨晚加班淋了雨，回来之后喉咙痛，然后就发烧了。”

“发烧还打什么游戏啊？”我急死了，“你还吊着药水，咱就不玩了，你好好休息。”

他在那边笑了一下，“可是我想听你的声音，想和你待在一起。”

……

“陈述，”我问他，“你说你怎么那么会撩啊？”

“嗯？”

“他们说游戏打得好又会哄人的人，智商高，情商也高，是渣男的可能性很高。”

他被我逗笑了，“什么意思？我渣？”

“对啊，你那么优秀，怎么可能没有女朋友？”我经常看他的朋友圈，反复揣摩。他朋友圈动态发得很少，但还是能从星星点点里看出他生活品质很高，并不枯燥无聊，健身、学习，偶尔和朋友小聚，对工作也保持着热情，从来不抱怨生活，并不是宅男。而且从他和朋友小聚的照片以及他朋友的照片来看，他还挺有钱的。

这种男生真的会网恋吗？我十分怀疑。

“谁说我没有女朋友，我女朋友不是你吗？”

“不，我是说你现实生活中的，你是不是在现实生活中有个女朋友，然后在游戏里劈腿找我求新鲜啊？”

他笑得很无奈，声音很低，“觉得我是脚踏两条船的渣男，就来找我啊，你不来见我，永远都不可能知道我是不是真的只有你一个女朋友。”

我瞬间心跳得飞快。

他这是，想“奔现”了？

我们之前没有聊过这个话题，我很害怕现实中的他我不喜欢，也害怕现实中的我他不喜欢。

我有点躲避这个话题，他感觉到了，也聪明地没有再提。

“要不今晚不玩了？”我说，“你打着针，怎么玩啊？”

“我一只手也能玩，”他笑着说，“就是输赢不确定。”

毕竟是王者局了。

“等你好了再玩嘛。”

“不要，我想和你玩，想听你的声音，来嘛，陪我玩两局。”

我只好开了游戏。

“你要玩什么？我帮你拿。”我在一楼。

“好吧，我打野。”

“你别打野了。”我说，“你打着针呢，打什么野？玩中单[4]吧！”

“好，芈月。”

他吊着药水，动作果然慢许多，支援也很慢，被队友骂是废物。

我气死了，就打开了我的快捷短语界面，开始骂人。

4 出自《王者荣耀》等其他电子竞技类游戏，指中路单线作战。

队友惊呆了：你打字是真的快！

跟我斗，哼！

我玩的是蔡文姬，和队友闹矛盾之后，我全程就只跟着陈述，拼了命地奶[5]他。

陈述都好笑，“我满血呢，奶我干吗？”

我说：“刚刚听到你咳嗽了，我心疼，就想治疗你。”

我故意开着全队语音，队友听到了，纷纷在游戏里骂我。

“乖，我没事。”陈述说。

他感冒应该蛮严重的，因为一直在咳，而且咳得小心又克制，可能不想让我听到，所以一直闷着声音。

打完这局我就说不打了，让他好好休息。

他也没坚持，嗯了一声就下线了。

不知道是不是因为生病，他今天晚上情绪很低落。

我刷了一下朋友圈，才发现他一分钟之前刚刚更新了状态。

——“生病了，特别脆弱，想要女朋友抱抱。”

配图是他打吊针的手，他的手很好看，修长，白皙，手旁边露出了一双穿着牛仔裙的女人的腿。

我想问他，但是又不敢问，就盯着与他的微信聊天界面发呆，过了两分钟，他突然发信息过来：怎么了？

我吓了一跳，发了个问号过去。

陈述：看你那边一直是“对方正在输入”……有什么话要对我说吗？

他刚刚也一直看着我们的聊天界面吗？

我问他：好点了吗？

“还有半瓶就打完了。”他发语音过来说。

“好点了吗？”

“没有，不舒服，心情也不好。”

“为什么心情不好？”

“因为我的女朋友看到我朋友圈动态，点了赞，但是却不问我旁边的女生

5 奶：给对方加血。

是谁。”

我都气笑了，他这是在故意制造误会吗？

“那是谁？”

“一个陌生人，也在打针的。”

“那我现在问了，你心情有好一点吗？”

他还是说：没有。

我又问：为什么？

“因为我的女朋友不想见我。”

这句话也是语音，声音低落又委屈，听得我心跳都停了一下。

“我不是……”我试图辩解，“我怕你不喜欢我。”

“我不喜欢你，和你谈什么恋爱？”

“我是怕你不喜欢现实生活中的我。”我说，“你甚至连我长什么样都不知道。”

“我知道的。”

我顿时就愣住了，发了一堆问号过去，“你怎么会？我没给你发过照片吧？”

“我见过你。”他说，“在游戏里认识你之前，我就见过你。”

我满脑子问号。

“一年前，我在地铁上见过你，你给一个老人让座，然后靠着扶手玩游戏，因为信号不好一直死，我也无聊，就进了游戏，然后你拉了我。”

我：“我怎么拉你了？我又不认识你。”

“你从‘附近的人’里拉的。”

啊，我好像有点印象了，那天游戏打完之后朋友拉我组五人局，差个人，我就从‘附近的人’里随手拉了一个段位高的，然后我觉得他很厉害，打完还加了好友。

但是后来我不记得了。

他告诉我这件事，我不仅没有高兴，反而有点抵触。

我没有再回他信息。

我越想越不舒服，越想越觉得我的网恋对象可能是个地铁痴汉死变态，一气之下，我把陈述拉黑了。

拉黑之后我仍然心有余悸，上班比平时早起十分钟，就是怕和他在同一趟地铁，也没有再登录游戏，怕见到他。

虽然没有登录游戏，但是我没有卸载游戏助手，上线之后就看到了他的留言。

陈述：你居然把我拉黑了……

陈述：这是要分手的意思？

陈述：你也太狠心了。

隔了一天，他又发了一段话过来。

陈述：是不是我说在地铁上见过你，让你觉得不舒服？对不起，我没有冒犯你的意思。我也就那次偶然见过你，之后我换了工作，就再没坐过那趟地铁了。也从来没有尾随过你什么的，我没有那么猥琐。如果让你感到害怕，我跟你道歉。

他把ID改成了“真的好难过”。

我想了想，还是没有回复。

于是，我就这样恢复了单身。但并没有觉得松一口气，心里反而空落落的。

网恋也是恋，网恋我也投入了感情的。

而且我还很心虚，一刷微博看到有吐槽号、奔现号吐槽说什么“和我在一起只是为了上分”“女朋友不愿意奔现”，我都会心跳加快，生怕是陈述在投稿吐槽我。

微信只是拉黑了陈述，不是删除，我有时候还是会忍不住溜进他朋友圈窥视。

但自从我们分手后，他就没有再更新过状态了。

不知道他是也把我删除了，还是没当回事。

直到分手一个星期后的某天，我在地铁上忽然感觉到有人在盯着我。抬头的时候却没有发现任何视线。

我觉得纳闷，随即又心头一紧，急急忙忙退出微博，从微信黑名单里进入陈述的朋友圈。

他最新一条朋友圈动态是今天凌晨一点钟发的，只有一句话：我想她了。

我心跳如雷，小心翼翼地环视了车厢一周。

星期六的早上八点，车厢里人并不多，拢共也就六位男性。

一个戴着老花镜在看手机的老头，他应该不会玩游戏，跳过！

两个背着足球的小男孩，呃，即便会玩游戏，应该也不会谈恋爱，跳过！

一个背着书包靠着扶手打瞌睡的男生，呃，怎么看都像是去补习的高中生，待定。

一个戴着口罩和耳机的男生，气质很好，这种人应该不会网恋吧？待定。

以及一个穿着衬衣的油腻中年大叔。

之所以说他油腻，是因为他在吃韭菜煎饺，略微谢顶发福，衬衣皱巴巴的。

我还在观察这几位的时候，中年大叔吃完了煎饺，拿出了手机，然后将手机横了过来。

我大感不妙，下一秒，车厢里就响起了熟悉的游戏音效。

我，毛骨悚然。

我前面还在想，如果我的前任是那个打瞌睡的高中生，我该怎么办？

现在看来，还不如是高中生呢！

大概是我的视线太过炙热，大叔抬头看了我一眼，还冲我笑了一下。

抱着最后一丝期望，我进了游戏，然后果真在“附近的人”的列表里，看到了陈述的ID。

我真的和一个中年大叔网恋了。

呜呜呜，我好绝望，我好悲伤，我被欺骗了。

我在绝望中恍恍惚惚地下了地铁，人潮拥挤，我被挤掉了一个耳塞，回头正要捡的时候，已经有个人弯腰帮我捡了起来。

是那个戴着口罩的男生。

“谢谢。”我说着伸出了手。

他眼睛弯了一下，似乎笑了笑，而后将耳塞放到我手心。

眼睛好好看，手也好好看，还那么高。为什么我网恋对象不是这种男生？呜呜呜。

想到那个中年大叔，我握紧了耳塞，悲从心生。

当天晚上我做了噩梦，梦到我在和中年大叔打游戏，他叫我“小可爱”，我被吓醒了，三更半夜打开手机，卸载了游戏。

没有了男朋友的我，还有游戏，没有了游戏的我，犹如行尸走肉。

我失恋了，王者小姐姐却要结婚了。

她邀请我去做伴娘，我觉得我受到了伤害，拒绝去参加，王者小姐姐说：“不来的话也把份子钱给我转账一下哦，支持微信支付宝哦！”并附带了一个微笑的表情。

我也回复了一个微笑的表情。

王者小姐姐：来嘛，伴娘团有红包拿的，而且我们伴郎团都是帅哥哦。

我还在犹豫，她又说：来嘛，我们伴郎团都是荣耀王者哦，全国级别的，混个脸熟后，我让他们带你上王者。

我：伴娘裙什么颜色的？我看看！

伴娘裙是粉红色的，非常可爱。

九点钟的时候新郎就到了，在新娘闺房外面吵吵闹闹地塞了十几个红包进来。

“新娘有三个问题要问。”我隔着房门说，外面瞬间就安静了下来，“答错一题十个红包，三个问题全对，才能进来。”

外面突然一声轻笑，话语隔着门板传进我耳朵里，“小姐姐的声音好好听，能不能再说一次？我们没听清。”

我莫名其妙就脸红了。

其他伴娘都笑了，“居然敢调戏伴娘，还想不想进门了？！”

“调戏伴娘也要收红包的。”

房门外利落地塞了一个红包过来，还是刚才那个好听的声音说：“给小姐姐的。”

“我们呢？我们呢？”其他伴娘不依了。

他们倒也上道，立刻又塞了几个进来。

那个人又想说话，被人打住了，“你快别调戏小姐姐了，我们红包没几个了。快出题吧！我们新郎等不及了。”

“第一个问题。”我问，“你和新娘第一次遇见，是在什么地方？”

外面新郎笑了，“送分题，我和宝贝儿第一次遇见，是在王者峡谷。”

新娘给我递了个眼神，示意答案是正确的。

“第二个问题。”我继续问，“如果你正在和兄弟‘开黑’[6]，紧要关头，你老婆叫你去洗碗，你怎么办？”

“这个问题不成立。”新郎在外面回答，“我怎么可能开黑不带老婆？这辈子，我只想和她‘双排’[7]。”

这口狗粮快噎死我。

新娘显然对这个答案很满意，恨不得要自己来开门了。

“最后一个最后一个，用十种语言对新娘说我爱你。”

“这个简单这个简单。”新郎扯着嗓子喊：“苏苏！我爱你！苏苏！I love you！苏苏！あいしてる（日语）！ 사랑해（韩语）！”他卡壳了，“多少了？”

“四种了。”

“苏苏小可爱，我想不起来了。”

“可以请外援。”我旁边的伴娘说，“你让刚刚调戏我们小姐姐的伴郎说。”

外面一阵讨论，新郎问那个人：“你可以吗？”

“我试试。”

我们在里面屏息以待，片刻不到，一道温柔悦耳的声音透过门板传来。

“Ti Amo（意大利语），Je t'aime（法语），Ich liebe Dich（德语），Te amo（西班牙语），Σ'αγαπ（希腊语），Szeretlek(匈牙利语)，IK hou van jou(荷兰语)。”

“够了够了。”外面的男生笑着说，“多一个是送给小姐姐的。”

伴娘们也在里面笑，“虽然一个都没听懂，但是声音真的可以打99分，少1分是给新郎面子。”

之后门开了，新郎挤进来，我在门旁边，猝不及防地跟门外一个男生对视上了。

6 开黑：指开语音打游戏。

7 双排：指两个人共同打游戏。

他冲我笑了一下。

对上那双眼睛，我有点心跳加速。

这双眼睛，好像有点眼熟。

“好啦，最后一个环节，找婚鞋！”伴娘让出位置，“来吧！”

伴郎团在房间里翻了个底朝天都没找到，他们干脆拿红包买情报，我们也不废话，透露了一点线索：“裙底。”

新郎立刻钻到新娘的婚纱裙下看了一眼，顺利找到了一只。

其他伴郎把视线投向了伴娘们，一时间闹作一团。

那个刚刚冲我笑了一下的小哥哥就站在我旁边，见状也朝我裙子看了一眼，我躲了一下。

他也迟疑了一下，然后礼貌地问了一声：“可以吗？”

我不好意思为难他，点了点头。

他微微弯腰，拾起我的裙摆，一点点小心地往上撩，到膝盖的时候停了一下，抬头看了我一眼。

他耳朵都红了，超可爱的。

看我没有露出反感的表情，他才继续往上撩，然后找到了那只绑在我大腿上的婚鞋。

他也没叫别人，再次小心地问我：“我拿下来了？”

“嗯。”

他伸手过来，灵活又谨慎地解下了鞋子，帮我整理好裙摆之后才提起鞋子，“找到了。”

其他人都起哄：“你怎么找到的？怎么都不叫我们？不叫我们就算了，怎么也不叫摄影师？精彩画面都没留下。”

他微微一笑，没有多说。

婚礼很完美，很梦幻，氛围也很好。

新娘丢捧花的时候很多人都拥过去了，我没去凑热闹，只看到捧花被后头一个个头高的男生很轻巧地拿到了。

之后他们回桌坐定，那个男生坐到了我旁边，把捧花递给了我。

一桌子人又起哄了，“好一出‘借花献佛’。”

“送捧花意义很深远哦。”

我面不改色地接过，“谢谢。”

婚宴之后还有下半场，他们包了个酒吧，打算玩通宵。

我本来不想去，但是要走的时候，那个男生看了我好几眼，似在询问我的意愿，我就临时改变了主意。

到了酒吧之后，新郎新娘终于有空给我们介绍了一圈伴娘团和伴郎团。

介绍到那个男生的时候，新娘着重说：“江北吴彦祖，陈公子，他刚失恋，大家都有机会啊。”

别的女生都笑了，“机会是肯定没有了的，你没发现他这一天就只盯着我们君君了吗？”

不知道是不是我多想了，我再看向他时，总觉得有些异样。

我的视线停留得太久，对方发现了，往我这边瞧过来，眼神带了点询问的意思。

“我们是不是……”我问，“有点眼熟。”

他微微一怔，茫然了一瞬，而后像是想起了什么，眼睛弯了一下，提醒我：“地铁，耳机。”

在他弯眼睛的瞬间，我也记起来了，他就是那天帮我捡耳机的戴口罩的男生。

真巧。

我没坐多久，就困得不行了，只能提前退场。

刚站起来，那个男生也跟着站起来说要走。其他人又起哄，“要走什么要走，明明是想送我们君君。”

他挺不好意思的，“干吗要戳穿？”

出了门他叫了个车，然后示意我上去，“我送你回去吧。”

“不用了，我没喝多少，可以自己走。”

“走吧。”他坚持，“我不放心。”

他一直把我送到了家门口。

不知道为什么，虽然我们才见过两次面，但丝毫不尴尬。他送我回了家，说了“早点休息”和“回见”，然后分开，一点都不觉得奇怪。

即使在出租车上，我们没说几句话，没有刻意找话题，也不会觉得时间漫长。

真是有一种该死的似曾相识感。

第二天一大早，我就被微信提示音吵醒了。

王者小姐姐把我拉进了一个群，好像是昨天的伴娘伴郎群。

王者小姐姐私聊我，八卦兮兮地说：“昨天那个江北吴彦祖好像真的看上你了，一直在问我群里哪个是你。”

我愣了一下。

“告诉他吗？”她问。

“我说不告诉，你会不告诉吗？”我反问。

“当然不会，昨天让他来当伴郎，他就老大不愿意了，说了给他介绍小姐姐他才来的，现在一个微信号都不给就太过意不去了，所以，只能让你委屈几天了。”她说，“而且就人家那副皮囊，你也不应该委屈啊。”

事实证明，小姐姐只是知会我一声罢了，和她还没有聊完，那个男生的好友请求就发过来了。

朋友圈三天可见，也看不出什么东西。

我通过了申请，他立刻就发了一个萌萌的表情过来，然后不到半秒又撤回了。

我假装没看到，过了两分钟才发一个问号过去。

他：早。

我：早。

他：我和秦朝在喝早茶，你要过来吗？

难怪呢，他和新郎新娘在一块。

我回复他：不过去了，我还想再睡一会儿。

我跟王者小姐姐打听他的名字，王者小姐姐没有回复我。

他们在群里上传了昨天婚礼的照片，我一张张看下来，忽然看到有一张是我在给上台阶的新娘提婚纱，那个男生弯着腰在后面帮我提伴娘裙。

我当时毫无知觉，只顾着帮新娘子提裙子了，根本没注意后面也有人在帮我提裙子。难怪我走得那么顺利，没有被绊到。

王者小姐姐在群里@了我一下，说：这张照片拍得真好，男生很有骑士精神。

我也@了她一下：我包里有串车钥匙，是你的吗？给你送过去。

昨天晚宴前就我们几个伴娘带了包，新人和伴郎们把东西都放我们这了，散的时候我也忘了检查。

王者小姐姐：什么样的？你拍照发过来看看。

我拿着钥匙拍了一张照片，发出去之后，她先是调戏了一番："这双手我可以看一年。"然后才说：不是我的钥匙呢，@所有人，失物招领了！

一开始没人出来认领，大家就开玩笑让我直接开走，过了大概半小时才有人回复@我，说：是我的。

就是那个男生。

大家又起哄：噢哟，昨天送捧花也就算了，还送车？

王者小姐姐：你们不懂，这个叫彩礼。

我干脆撇开他们，开小窗口与他私聊：怎么给你？

他很快就回复了：虽然我很不想麻烦你，但是我这会儿在上班，也不好过去找你拿呢。

我：你急着用吗？

他：老实说，急，我今天早上打不到车，挤地铁来上班的。

我：车在哪？

他：车还在昨晚的饭店停车场。

我：我去帮你取车，开到你公司吧！你在哪上班？

他：那多不好意思。

他嘴上说着多不好意思，却飞快地给我发了定位过来。

我打车去了饭店，在停车场绕了一圈才看到他的车。

我一直觉得男人的车和女人的包一样，是很私密的物件，它们能透露出很多信息。

但这个男人的车里干净整洁无异味，仪表台上摆了几个王者英雄的手办，除此之外还真没什么别的东西。

我没有乱翻，启动了车子就往他的公司开去。

他的公司定位在市中心，我在找停车场入口的时候就看到了他。他站在路边，穿着白衬衣，十分醒目。

我把车滑过去降下车窗，问他："帅哥，打车吗？"

他笑着上了车，挺不好意思地道谢，"麻烦你了。"

"没事。"我说，"停车场入口在哪？"

他没告诉我停车场入口，而是突然问我吃不吃川菜。

我愣了半秒，然后马上反应过来，"我不爱吃辣。"

他笑了，"刚好我订的是泰国菜，走吧，吃完我送你回去。"

"不用了。"我故作矜持地说，"我自己回去就好了。"

"好不好给个面子？"他说，"不然我真的会很过意不去。"

要拒绝他，真的很难。一来他并没有表露什么心意，看起来纯粹就是礼貌性的举动，二来他跟那种死缠烂打的男生也有着本质的区别。

平心而论，这家泰国菜的味道很不错，正合我口味。

"这菜还可以吧？"他问我。

"可以，之前我前男友就跟我推荐过，不过太远了，我一直没有来过。"

那时候陈述就说有机会要带我来尝尝。

"前男友？"他眼睛亮亮的，"意思是说，你现在是单身咯？"

"嗯，但现在暂时还不想谈恋爱。"

"为什么呢？上一段恋情对你打击很大？"

"不，只是单纯觉得单身挺好。"

他没有再说话。

吃完饭之后他送我回家，到了之后我解开安全带正要下车，他一直盯着我，我停下了手中的动作。

我望着他，他也望着我，一脸无辜。

“冒昧问一句……江北吴彦祖，你叫什么名字？”

他笑了一下，“你不是已经知道了吗？”

我被他噎得说不出话来了。

“对不起……”

“为什么要接近我？”我打断他问。

“因为喜欢你。”

“还真的不明显。”

“太明显我怕你反感。”他柔声说，“毕竟我的前女友就是在我表达了强烈的爱意之后把我拉黑的。”

他说到这个，我真的心虚，又忍不住辩解：“我害怕，毕竟是网络。”

“我懂。”他说，“所以我这不是走出网络来找你了吗？”

我实在费解，“真的那么喜欢我？”

他点头，表情很真诚。

“为什么？”

“因为你可爱。”

我想起那个说我练英雄的小姐姐，有点郁闷，“因为我游戏打得烂？”

“当然不是。”他有些想笑，“我是一见钟情。第一次在地铁遇见你的时候，你穿着白衬衣、职业裙，妆容精致，一副御姐样，结果你在打游戏，而且打得这么烂，还容易炸毛。”

“……说来说去还是在说我游戏打得烂。”

“不是，我的重点是反差萌。”

“你让我缓缓。”我乐出了声，“我长这么大，还从来没有人对我一见钟情过。”

“但是你真的很渣，说分手就分手。”他很受伤的样子，“算上这次，你已经甩我两次了。”

我捂脸，“对不起！”

“而且两次都是你主动撩我。”

“我哪有？”

“有。”

“好吧，后面一次算是吧，那第一次，是你自己说凑一对，没错吧？”

“是我说的，但也是你先给了我误导。”

“我给你什么误导了？”

“是你先在‘亲密度关系’里选择跟我成为恋人的。”

我完全忘记这茬了！

“……那应该是我点错了。”

“好吧。”他的声音听起来还挺委屈的，“那我可以重新追求你吗？”

“不用追。”我说，“新赛季了，我想当上分狂魔。”

他笑了，“我喜欢你，你不用狂魔。”

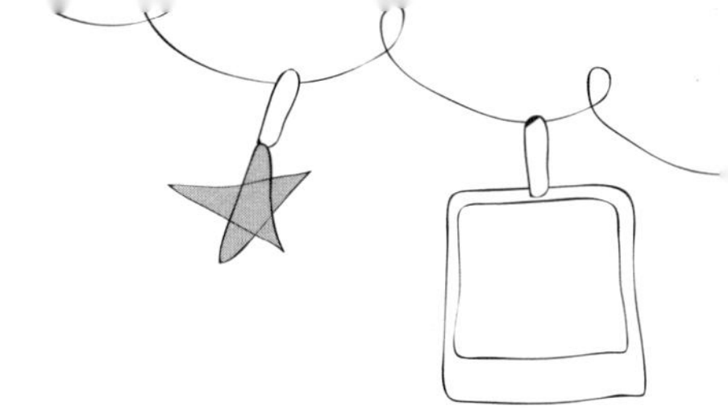

前男友成了喜欢的样子

前男友成了喜欢的样子,怎么办?

和前任已经一年多没有见了,没想到再见面,是在酒桌上。

分手时我把他拉黑了,所以也不知道他现在在哪个公司就职,以至于他进包厢的时候,我有一瞬间的晃神。

他似乎一点也没变,但似乎又成熟了许多。

他看到我的时候,并没有多诧异,我们心照不宣地没有打招呼,双方团队介绍寒暄过后就入座了。

我们公司经常有这种和开发商的应酬,领导一般都只带助理去,但是遇到人物重要一点的或项目值钱一点的,领导都会带上我。

因为我能喝,江湖人称"南孚巨能喝"。

对方也是三个人,看起来,呃,一个都不能喝,特别是我前任,他喝不了白酒,啤酒、红酒也喝不到三杯就不行了。

所以我大概能一个打三个。

领导看了我一眼,我向他递去肯定的眼神,领导立刻放下心来。

开场白之后就是敬酒环节。

其他那两人还算好搞定,基本上来者不拒,我前男友就不好说了,他喝得少,也就我敬的第一杯他给面子地喝完了,之后都没怎么碰。

我铆足了劲敬他。

他说不过我，只好举杯跟我喝了第二杯酒，对我说了今晚的第一句话："这么久不见，你还是这么能喝。"

席上的人都诧异了，"小秦你们认识？"

他看了我一眼，"是校友。"

校友？行吧，这是我们最初的关系。

他说自己胃不好，不能多喝，还小声劝我："你也少喝点，他们两个都是酒桶，你灌不醉。"

那两人哈哈大笑，打趣道："秦朝你是哪边的人呀？"又对我说："不过你真的别敬小秦了，他之前喝进过医院。"

"哎，都身不由己。"我们领导喝多了，话也特别多，"我们小苏以前也进过医院，没办法，做我们这行，应酬就是多。"

"他哪是应酬啊，"他们另一个副总笑道，"我们小秦是失恋了，心情不好天天买醉，然后进的医院。"

秦朝被调侃了也不见尴尬，只是无奈一笑。

哦，原来我已不是他前任了，是前前任，或者是前前前任？

我承认我不舒服了，心脏好像被针扎了一下，一点点尖锐地疼，但是不刻意去想的话，还是能忽略的。

之后的事就顺利了很多，席间气氛也很好，看领导的样子，这项目八九不离十了。

快散场的时候我出去找厕所狂吐。今晚喝得有点急。

吐完出来就看到秦朝站在外面，手里拿着纸巾和水，"还好吗？"

"谢谢。"我没跟他客气，接过水喝了两口，才终于舒服了一点。

"经常这样吗？"他问。

我摇头，"偶尔，两三个月一次。"

"你们领导说你今晚喝得格外凶。"他说着，"不知道的还以为当初是我甩了你呢。"

我一时语塞。

他似乎还想说什么，最后又打住了，“还住在绿景那边？我送你回去吧。”

“不用了，我打个车很快就到了。”

“走吧。”他坚持，“我不放心。”

我们都喝了酒，也只能打车回去。他一直把我送到家门口，我刚掏出钥匙，我妈就开门了，她看到秦朝吓了一跳，“妈呀，我是还没睡醒吗？”

“阿姨好。”秦朝有点尴尬，“苏暮喝了酒，我送她回来。”

我妈一副见了鬼的模样，“你们俩怎么又混到一块了？”

“工作！工作！”我一边解释，一边把我妈推进去，“谢谢你送我回来，晚安！”

秦朝似乎笑了一下，“晚安。”

进门之后我妈还是一副见了鬼的模样，“那是秦朝没错吧？”

“嗯嗯！”

“他送你回来的？”

“工作应酬，我喝了酒。”

“不是，你们两个在一起那会儿，他也没送过你啊。”

我一时无话可说，“送过的，就是到楼下而已，而且他不敢送我上楼，还不是知道你不喜欢他。”

“你又来了。”

“不说了，我洗澡了。”

“我给你煮了甜汤，你喝一点再去洗啊。”

“不喝，减肥。”

“暮暮啊，”我进了浴室，她又跟过来，“秦朝现在是在哪工作啊？我今晚看他人模狗样的，他是不是对你还有意思啊？”

“我在洗澡啊妈妈。”

“如果他对你还有意思，我觉得你可以再试试啊。”

我打开门：“你以前不是很不同意我和他在一起吗？”

“我没有不同意吧，我只是想让你再考虑考虑。”她说，“而且我要是知道你和他分手之后会一直单身到现在，我当初怎么也不会同意你们分手。”

我打听到这次他们会过来考察半个月，在项目完全落实之后，还是会回去的。而我们副总自从知道了我跟秦朝是“校友”之后，跟项目有关的事项，他都会让我跟着，比如送文件，或参加一些不是很重要的会议，还会特意让我过去。

第一次送材料过去的时候，他们负责人外出了，我只能找到秦朝交给他。

第二次过去的时候，他们的负责人直接就让我把材料拿给秦朝了。

我进去的时候秦朝正在打电话，看到我后冲我点了点头，示意我在沙发上等他一下。

他很快就挂了电话过来，我连忙站起来，公事公办地把文件递给他：“秦副，这是我们最新的策划方案。”

他看了我一眼，很有深意。

他很快就把文件看完了，点出了几个需要调整的地方，没有为难我，也没有给我什么方便。

交接完工作之后，他问我是怎么过来的。

“地铁啊。”我说，“也不远，几站路就到了。”

“一起吃个饭？然后我送你回去。”

“这么客气？”我笑了，“我请你吃吧，这么久没见了。”

“迟来的散伙饭吗？”

虽然是玩笑话，但是我们谁也没笑。

“想吃什么？”上车之后他问我，“日料？”

“日料？你不是不喜欢吃日料吗？”

“你不是喜欢吗？”

我以为他只是迁就我，结果去到店里，他点了格外多，我都忍不住要阻止他了，“就这些可以啦，我吃不完。”

他看了我一眼，很奇怪，“我吃得完啊。”

奇了怪了，他以前不爱吃寿司刺身的。

结果那一份刺身几乎是他一个人吃完的，还连吃了十多个寿司，我目瞪口呆。

“你怎么会吃那么多？”我问。

“我饿了。”

“你以前可是宁愿饿死都不吃一块三文鱼的。”

他面色不变，语气也很淡，“后来就突然觉得好吃了。”

我感慨不已，“你真的变了好多。”

饭后他要送我回公司，被我坚绝拒绝了：“这个点公司门口人来人往，他们看到会误会。”

“误会什么？”

这个人的眼神坦荡得我都不好意思开口了，“误会我和你有什么。”

他笑了，“我们之间没有什么吗？”

我以为他差点要脱口而出了，结果他只是说：“不就是正常的工作关系？”

行吧。

我由着他把我送到了公司楼下。

第三次的报表，我没有准时送过去，而是第二天才让别的同事帮忙送过去的。

同事送到之后，立刻就给我发了信息：那个秦副问了好几遍你怎么了。

与此同时，他的信息也来了：生病了？

我过了半小时后才回复他：嗯，住院了，报表送过去没有？

他秒回：送到了，你还好吧？你同事说你要动手术？

我回了个捂脸的表情过去：没有，肺炎。

他：在哪家医院？

我：市第一医院，干吗？你要来探望病人吗？

他：嗯，我下班过去看看。

我：不用啦，我打两天针就出院了，而且我素颜，不想见你。

他没有再回复，直到六点的时候直接打电话过来问我在哪一层。

“你真的来了？”我都惊了，“现在到医院了吗？”

“嗯，在住院部了。”

“五楼，23床，其实我……”

“我先进电梯了。”

“哦，好吧。”

两分钟之后，他出现在病房门口，表情有些呆地看着我们。

“秦副。”我憋着笑说，“这是我爸妈。”

我爸妈也有些蒙。

“爸妈，这是秦副。”

我爸很茫然，“这不是你前男友？”

我妈用胳膊肘捅了捅他，白了我爸一眼，说：“秦副，你好。”

秦朝也有点尴尬，“阿姨你叫我小秦就好了。”

我爸还在嘟囔，“怎么跟你前男友长这么像？”

秦朝已经反应过来了，神态自若地跟我爸妈寒暄：“叔叔阿姨好，我来看看小苏。”又把手里的花和水果递过来，问我：“好点了吗？”

“好多了。”我说。

“怎么还买了东西来，这么客气。”我妈把花接过来，“这花买得好，我们暮暮最喜欢洋甘菊了。”

我爸妈在旁边坐了一会儿，发现他没有要立马离开的迹象，立刻识趣地起身走了，把空间留给我们。

三人间的病房只有我一个人住，所以我爸妈一走，房间就安静了下来。

“噗哈哈哈哈哈！！！”我们同时笑了起来。

秦朝很郁闷，“猝不及防啊。”

“我也猝不及防好吗？！你怎么说来就来了？”

“因为我今晚就要回公司了。”

“啊？那么快？”

“嗯，本来想今晚让你请我吃饭送我的，但……”他看了看我的药水瓶，“什么时候能出院？”

“明天吧？还要打一天药水。”我说，“其实我也是可以挣扎着下床和你去吃饭的。”

“你算了吧。”他好笑，“好好养病，我先走了。”

“嗯。”

他看了我一会儿，似乎想说什么，但最后还是什么都没说就走了。

秦朝走之后项目也定下来了，项目外派人员也定下来了。

意料之中，是我。

这个项目我跟的时间长，那个城市我也待过四年，所以无论是城市还是项目，我都非常熟悉，派我过去最合适不过了。

当天晚上我在家收拾行李的时候，秦朝就得到了消息，给我发来了贺电：谨代表余华市全体市民欢迎苏暮同志莅临我市。

我回了一个微笑的表情给他自己体会。

“明天过来？”他发语音问我。

“嗯，明天中午的高铁，余华市的天气怎么样？我正在收拾行李。”

“余华市的天，一直是晴朗的天。”他说，“就是为了迎接你，明天可能会有大到暴雨。”

我收回我说他变了的话，他还是和以前一样皮。

“几点到啊？”他又问，“我去接你。”

“不用那么麻烦啦，我打车就好。”

“下雨天不好打车。”他还发了个他与领导的对话截屏过来解释：“看到没有，并不是我想去接你，是我们领导特意让我去接你，还要给你接风洗尘什么的。”

我笑了，“那你要谢谢我啰，因为我，你有了半天假期。”

“谢谢啰。”

“以后就是同事了，请多多关照。”

“怎么关照，像以前那样可以吗？”

“那不行。”以前可是关照着关照着就成情侣了。

第二天到达的时候，余华市明明艳阳高照。

他驾着他的"小骚白"在停车场等我，这个人也真的是，那么多年了也不换车，非要一直开这辆我给他选的"小骚白"。

他不知道这样会让我误以为他余情未了吗？

他看到我之后立刻过来帮我拿箱子，用力提起箱子的时候很诧异，"这么轻？我为了帮你提箱子，昨晚还去撸了两小时铁呢！"

"那是以前穷，去哪都要带足东西，特别是那些瓶瓶罐罐的护肤品、化妆品。"

"现在有钱了？一卡在手，天下我有。"

"不。"我微笑，"现在不是来投奔前男友了嘛，缺什么直接跟你女朋友借就好了。"

"我女朋友很小气的，她不喜欢别的女人用她的东西。"

"哇，那她的性格简直和我一模一样啊。"

他笑了一下，没有再说话，我也觉得有点尴尬，就没有再胡说八道，乖乖上了车。

车开出去一会儿之后，他又问我："先回住的地方？"

"住的地方在哪？不是宿舍吗？"

"宿舍那边没有空房间了，我给你在外面租了间一居室的小公寓，离公司也很近。"

"嗯。"

公寓很舒适，而且显然已经打扫过了。秦朝帮我把行李箱推进来，顺手打开了阳台的门。

"那边就是公司了，过一个十字路口就到了。"他指给我看，"后面有个超市，地铁站也在那边。"他看了我一眼，突然笑了一下，"算了，一会我给你推荐几家好吃的外卖。噢，我们公司的伙食也还不错，你可以在公司吃饭。"

"反正也才待一个多月，随便吃什么都行。"我说。

他顺手帮我打开了电源总闸，烧了壶水，还告诉我无线网络的密码是"sumushizhu"。

我简直想打他。

“那你先整理东西休息一下？我五点钟再来找你，带你去吃饭。”

“好。”

东西不多，我二十分钟就整理好了，然后躺在床上开始打游戏。

游戏使人沉迷，以至于秦朝进来我根本没发觉，被吓了一跳，“我门不是锁了吗？”

“我忘了给你钥匙。”他说，“帮你买了奶茶，你在玩游戏？”

“嗯，什么奶茶？我要喝。”

“你居然还在玩这个游戏？”他看了一眼我手里的游戏，顺手帮我戳了吸管递过来，我刚探头过去想就着他的手喝，又瞬间意识到我们不是情侣了，连忙刹住动作，伸手接过奶茶喝了一口，“谢谢，已经五点了吗？”

“准确地说，已经五点半了，我订了六点的。那家饭店特别棒，就是不留位，所以你得快点了。”

“就我这个水平快不了。”我把手机递给他，“你帮我打，我换衣服。”

他嘴上说着自己好久没有玩过了，手却很诚实地接过了手机，熟练且快速地分析了战局和阵容。我拿了衣服进浴室，听到他在外面说：“跟你说过多少次了，对面法术伤害高的时候要买法术防御，你买的什么破装备！”

我换好衣服出去的时候刚好听到手机传来游戏胜利的音效。

“哇哦，宝刀未老啊。”

他却微微挑着眉问我：“组队里那个叫你老婆的人是谁？”

“我老公啊，介意我稍微化个妆吗？”

秦朝的声音抬高了些许，“你在游戏里找了个老公？”

“嗯。”我回头，“这个口红颜色可以吗？”

“你明知道我永远看不出来你涂没涂口红。”他说，“你居然网恋了？”

“也不算是吧，就是赛季末不好上分，我就从战队随便拉了个人装了两天萝莉音。我以为你的新女友会让你学会看口红呢，毕竟她把你调教得这么好了。”

“这个挺不错的，显白。”他把手机还我，“噢对了，刚刚忘记提醒你了，游戏语音开着。”

什么?

我连忙点开手机界面，游戏“对象”给我发了一句“臭不要脸的上分狂魔欺骗我感情”就把我拉黑了。

“秦朝我要捶爆你的狗头！！！”

晚餐很完美，就是周围都是蜜里调油的情侣，我们有些尴尬。

结账的时候，服务员说餐厅在搞活动，情侣接吻的话可以打八点五折，接吻并且自拍发朋友圈的话，可以打八折。

我们更尴尬，“我们不是情侣。”

服务员也很意外，“啊不好意思我误会了，因为我们是情侣餐厅，所以来的几乎都是情侣。”

难怪餐厅的位置都是双人座！

我望向秦朝，他慌忙解释：“我根本不知道这是情侣餐厅！”

“这样吧。”服务员说，“既然你们不是情侣，那你们就一起做个比心的手势发朋友圈，加个我们餐厅定位，我也给你们八点五折的优惠。”

秦朝连连摇头，“不用了，我们全款。”

“为什么不要？”我伸出手，“比个爱心怎么了？快。”

他犹豫着没有伸手。

难道我的线报有误，他真的有女朋友了？

“算了。”

我刚要收回手，秦朝却忽然抓住了我的手腕，与此同时他的另一只手僵硬地抬了起来，在半空中比了一个“C”，和我的半个爱心贴在一起。

我有些莫名其妙。

“快拍！”

“噗。”我实在是忍不住了，“秦朝你不会吧？爱心都不会比？”

真的是钢铁直男，连服务员都忍俊不禁。

我一直知道他那双手好看却不中用，笨拙得连响指都打不了，没想到爱心都不会比。

我忍不住伸手纠正他，“这样，手指扣回来，别翘兰花指！拇指微微弯一点，OK，就是这样。”

服务员及时帮我们拍了照。我们俩在服务员的“注视”下发了朋友圈，还被要求说：“不能设置仅自己可见哦。”

“完了，发完这张朋友圈，我微信里的备胎游戏对象都要拉黑我了，我没法上分了，呜呜呜。”

他在旁边“扑哧”一声笑了，“你要上到多少分才满足？”

“永无止境。”

我们发那条朋友圈后，我不知道秦朝那边什么情况，反正我这边炸了，朋友圈有三十多条留言，还有闺密们的微信语音轰炸，几乎都在说同一句话：“你和秦朝复合了？！”

我与秦朝的共同好友知道我还能理解，那些在我们分手之后拉黑了秦朝并且老死不相往来的朋友居然也能看出来是秦朝，我很诧异。

“除了他还能有谁的手长得那么好看但是又蠢成这样啊？”

我一想到他的笨拙，也忍不住发笑，“这还是我拧着他的手摆拍的，他自己一开始只能比个‘C’，你知道吗？笑死我。”

“所以你们真的复合了？”

“没有啊，我外派到他们公司了，应该会在余华市待两个月。”

“缘分天注定啊。”

我：……

第二天早上，我下楼就在小区门口看到了秦朝。

我一脸茫然。

“怕你迷路。”他说，“反正顺路，就过来接一下你。”

“哦。”

公司真的挺近的，出了小区就能看到公司大楼了，这样也会迷路的话，我怕是麋鹿（谐音“迷路”）转世。

当然我也没有戳穿他，他现在这么贴心，实在是难得。

早上报到后熟悉环境，参加了一个无关紧要的会议，与同事互相认识了一下。中午秦朝又过来找我，说带我去吃饭，怕我刚到公司没有朋友，一个人吃饭尴尬。

其实跟他吃饭也挺尴尬的，每隔几分钟就会有人过来跟他打招呼，然后他又不得不顺道介绍一下我。

有些人根本不是他公司的同事，看起来还挺熟的，我很诧异，“隔壁公司的你也认识？”

“之前一起踢过球。”他说，“我发现人脉这种东西真的跟滚雪球一样，是越滚越大，越积越多的。”

他说完之后顿了顿，脸上闪过一丝懊恼的神色。

因为这句话是我跟他说的，以前他很宅，不爱社交，连我的朋友都不愿意去结交。我心情挺复杂的，因为他真的，完全变成了我以前想要他变成的样子。

下班的时候我没有等秦朝，自己回去了。

我去了趟超市，买了点食材，回来的时候在小区里撞见了他，他看起来……正在跑步？

“你怎么在这里？”我问。

“我也住这里，和你同一层，你隔壁的隔壁。”他神色自若，还瞄了一眼我手里的袋子，一副见了鬼的样子，“你居然买了食材？别告诉我你打算自己做晚餐。”

“嗯，要不要做一份你的？”

他有些犹豫，“能吃吗？”

我直接走掉了。

半个小时之后，我刚做好晚餐，门铃也准时响了起来。

秦朝拿着碗筷站在门口，一脸傻笑，“嘿嘿，过来蹭饭了。”

“你洗碗。”

“什么时候不是我洗？”他反问。

这么一想，以前的秦朝也不是一无是处，他虽然工作不求上进、宅、不爱运动、穷，但是确实对我很好，夏天扇风，冬天捂脚，还会煮饭洗碗晒衣服。

只是那时候我希望他变得更好罢了。

他跟着进屋，看到桌上的食物之后，很感慨，“你真的变了好多。”

和我那时候的语气一模一样。

因为他的这一句话，我们俩都有点尴尬，吃饭时候只是平淡地说了几句，然后他洗完碗就走了，并把碗筷留在了我家。

这算是，对我厨艺的肯定吗?

外派工作总的来说还是蛮轻松的，而且跟我对接工作的大多是秦朝，他办事干脆利落，我找不出一点瑕疵。

我每天上班就是到办公室坐坐，然后跟秦朝出门吃早餐，再晃悠到工地看一眼，然后再找地方吃饭或者回家午休，下午三点多出门，到工地看一眼，然后和秦朝去喝个下午茶，讨论晚上吃什么。

而且现在的我，跟秦朝相处得越来越和谐了，也许是因为我也开始喜欢游戏跟烹饪了，所以我们很有话题聊。也许是因为他变得体贴和细腻了，往往我一个眼神，他就知道我想做什么。

两个月很快就过去了。

即将打道回府的前一天，秦朝约我出去，我以为只是去吃夜宵，穿了件衬衣裙就下去了，结果他把我带到了酒吧。

“你这个人，要来酒吧怎么不说一声？我还没化妆呢。”

秦朝很疑惑，“我以为你已经化了。”

“这是在夸我素颜也很美？”

“不，是在讽刺你化妆不化妆一个样。”

……

下车之前我挣扎着打了粉底，抹了口红，然后把衬衫裙往上拽了拽，但我刚拽上去，秦朝又扯了下来。

“你安分点，是去见几个老朋友，别老想着勾引小哥哥。”

“什么老朋友？”

他刚要回答，就听到“砰砰砰”三声，有人开了香槟朝我们喷来，我躲闪不及，还好秦朝及时拉了我一把，把我护住了。

“恭喜复合！”

“百年好合！”

“早生贵子！”

我一脸茫然，秦朝捂脸，有点尴尬，“你们别闹，说了还没复合。”

“哟，还没复合，这四个字就很有意思了。”

我探头出去，终于看清了这一桌子人，也有点尴尬。

他们都是秦朝的好朋友，有几个当初是我们的共同好友，但是在我们分手时，都站在了秦朝那边，把我拉黑了。

“嗨。”我跟大家打招呼，“好久不见。”

“好久不见好久不见，过来这边坐。”

大家对我还挺热情的，看来是因为秦朝，我记得当初我和秦朝分手的时候，他们还轮流来骂我呢！

也有人在怪秦朝，说我来余华那么久了，都不把我带出来。

“很忙。”秦朝解释，“没有周末，天天上班，哪有空带出来？”

“哦。”大家冷漠脸，“天天都有下午茶的时间，就是没有和我们碰个面的时间？我看你是只想和人家独处吧？今天要不是苏暮快走了，恐怕也约不到你呢。”

“喝酒喝酒。”

大家又轮番给我敬酒，颇有些冰释前嫌的味道。

我酒量虽然很好，但是喝起洋酒还是比不上秦朝的这群朋友，所以很快就醉了。

隐约听到有人问我当初为什么要和秦朝分手，我就抓着那个人疯狂吐槽。

“你知道吗？情人节，他跟我说‘女人不能没有钻石’。我以为他要送我钻戒要求婚，我好紧张，化了妆，穿得美美的，去了他家。他倒好，没有气球，没有玫瑰，没有烛光晚餐，他穿着大裤衩，一脸茫然地看着盛装出现的我，问我要去干吗。”

“咦？那钻石是？”

“他说的钻石是游戏里的段位，他嫌弃我游戏段位低，在战队丢他的脸了，那天晚上拉着我，说要连夜把我带上钻石。”

秦朝在旁边捂脸，“对不起。”并反击道：“那现在是谁天天在打游戏？你们知道吗？曾经也是她不喜欢我玩游戏，天天让我戒掉，现在她反而沉迷游戏，为了上王者，跟人家凑一对，天天装萝莉音叫人家老公。”

秦朝的朋友们都笑了，“噗！所以就是，分手之后你变成她喜欢的样子，但是她喜欢上了曾经的你。”

这个吻很温柔，就像第一次我亲他的时候，他小心翼翼地试探，摸索，生怕引起我的不适。

“哪有人亲着亲着就睡着的？”

“我那是窒息昏过去了吧？”

“你睡着了，刚刚一直在说梦话，还哭了。”

“嗯？我说什么了？”

他垂眸，“你说‘秦朝，我们分手吧’，我嗯了一声之后，你就一直在哭。”他摸了摸我的眼尾，声音很低，“我一直在想，如果当初我再坚持一下，我们是不是就不会分开？”

该死，我也有点想哭了。

如果没有分手，我真不会发现自己有那么喜欢他，那时候我们都刚毕业，工作的压力、生活的压力，让我们喘不过气来，我们天天吵架，根本无所适从。

“钻石是真的，我那天晚上，真的准备了钻石，房间里有气球和玫瑰，还有蜡烛，但是那天晚上你太漂亮了，我很紧张，所以不敢带你去房间，开玩笑说带你打游戏，然后……”

然后，我就生气了，甩手就走了。

之后没多久，我们就分手了。

我的眼泪一下子就落了下来，“你也太讨厌了吧，我明天都要回去了，为什么要弄哭人家。”

“对不起……”

我一哭他就没办法了：“你别哭，我不说了。”

“我要回家。”

他嗯了一声，“我送你回去。”

出了电梯他送到门口，“我就不进去了，你自己小心点，不舒服就别洗澡了，有事给我打电话。”

明天就要走了，我突然有点舍不得他，“要不进来坐坐？”

“不了，我怕我看到你的行李会舍不得。”

我的心一下子就软了，“秦朝……”

他朝我伸手，声音很低，“今晚就在我家陪我好吗？”

我没法拒绝他。

再次回到他家的时候，才发现很多细节。

他还在用我送他的游戏机，鞋柜上我送他的那几双鞋子都还很新，就连床单都是我买的。

这么一观察，我也才反应过来，我家里也有很多他的痕迹。

就连我现在经常用的包包和香水，都是他送的。

因为使用顺手，也太喜欢了，所以都没有换，不知道他当时看到是什么感觉。应该和我现在一样，觉得对方对自己还有点留恋。

第二天登机的时候，我手机调了静音，没看到他疯狂给我打电话，上了飞机要回拨的时候，空姐提示我关机。

落地再开机的时候，我回过去已经没有人接听了，刷了一下朋友圈才看到秦朝朋友发的动态，说：这个傻子想在人家登机之前求婚的，结果睡过头了。

配图是秦朝抓着玫瑰在机场狂奔。

我的眼泪又开始往下掉。

哪里是他睡过头，是我没有接电话。

我给秦朝打电话，一直没接通，只能不停给他发微信：我嫁！！！

怕他看不到，还给他朋友发信息，让他等我。

电话立刻就过来了，那边是秦朝大口喘气的声音，“机票卖光了，只能明天再飞过去找你了。”

我被他逗笑了，“我们还是先说说异地恋怎么解决吧。”

“项目建成之后，我就调回去，不用你过来。”他说，“你等我一个月，不，半个月，你去看房子，我们回去就买房，结婚。”

“呜呜呜。”

“你别哭，乖，回家好好休息，明天不是还要上班吗？”他说，“哦，对了，我就一个要求。”

“什么？”

“把你游戏里的那些‘备胎’给我整理干净了，我要明明白白地嫁过去。”

我简直要笑出鼻涕泡。

我发朋友圈说：我要结婚啦！！！配的是秦朝在机场飞奔的图片。

然后立刻就被那些“备胎”王者小哥哥们删了好友。

广场舞让我找到了男朋友

因为跳广场舞，找到了男朋友。

这个世界很奇妙。

我并不觉得自己跳广场舞羞耻。

其实，谁还没有个爱好呢！

但偶尔也会不好意思，特别是在带感口水歌下尽情摇摆自己的时候，会有那么一点点的羞耻。

但是领队的阿姨一直给我洗脑，“存在即是合理，你把它当作运动，就不会有问题了。”

所以，我掩耳盗铃地跳了半个多月的广场舞。

的确很有用，我现在腰不酸，腿不疼，脊椎也比以前好了。

那天晚上我去得比较早，因为下午下过雨，所以小广场上人不多。

领舞阿姨一直觉得我很有悟性，想培养我做小老师。盛情难却。

今天她又让我站到前排去了，我看人不多，就上去了。

站在和她并排的位置，也特别显眼。

然后在我扭胯、手舞足蹈的时候，忽然看到……

十米远处，有一个穿着黑色连帽衫、中裤、人字拖的男人牵着一条大金毛，注视着我们。

真的是注视，因为他面向着我们，很久都没有动，而且那种视线很难让人忽视。

一开始我还没觉得有什么，因为平时也会有很多大叔们驻足欣赏，谁叫我们的舞姿是整个小广场的舞蹈组中最带感的呢！

但这男的身材不错，感觉也蛮帅，当时光线蛮暗的，只隐约看得见轮廓，而且大金毛这种萌物一直最吸引妹子了。

所以我就多看了两眼，似乎和他对视上了。

那一瞬间，我有些紧张，然后一不小心就同手同脚了。

纠正了半天，反而完全乱了舞步，傻气得不行。

只好先停下，打算等下一个节拍再重新跟上节奏。

抬头的时候，看到那个男人在笑。

居然在笑。

……他是在笑我吗？而且不是被逗笑的那种笑，完全就是读小学的时候，听到男生放屁的那种笑……

我完全没有心情了，只好假装到一旁喝水，暂时躲开那灼热的视线。

幸好那厮很快就牵着大金毛走了。

我晚上回去发了一条朋友圈动态。

大意是今天居然被一个帅哥嘲笑了很伤心什么的，然后配了一张跳完舞之后满脸是汗的自拍照。

大多数不明就里的好友都会在留言区评论“哈哈哈”，问怎么了。

我洗完澡上床的时候才发现，我那个看热闹不嫌事大的舍友截图发到小区的大群里了。

我马上冲到她房间：大狗子！你做了什么好事？

她畏畏缩缩地道歉：对不起！我发错了！我是想发到我们的小群的！

“赶紧撤销！”

“刚刚就想撤销的，结果不小心点成了删除。”

“……绝交。”

“对不起嘛，小喵喵。”

这个群是小区的大群，里面有几百来号人，全都是陌生人。

我只能装死了。

幸运的是，在舍友后面有个人发了一个红包，然后大家忙着抢红包跪拜，才把这条消息刷过去了。

我眼疾手快地拉上去点了一下红包，我抢到了89元。

我有些蒙在当场，然后底下一片哀嚎。

总额120元的红包，分发20个，我居然能抢到89元。

舍友大狗子从房间冲出来：喵喵！你应该去买一张彩票！

我在群里回复：哈哈哈哈，谢谢老板，大吉大利，恭喜发财。

Del：客气。

这个人应该就是发红包的人。

我这才发现，这个人的头像是一只大金毛。

下意识地点进他的个人资料，朋友圈一片空白。

这只金毛不会是那只金毛吧？！

第二天晚上，那只大金毛又出现了。

这一次他们没有走过来，隔了几十米，不过我还是看得清清楚楚。

男人低头在看手机，然后接了个电话。

他没有动，大金毛也就乖乖地蹲坐在那里，尾巴一摆一摆的。

要不是因为昨晚被他笑过，我绝对会扑过去逗狗的。

男人打完电话之后转身要走，结果大金毛坐如钟，纹丝不动，直愣愣地盯着我们这边。

我看男人有转过头往这边看的趋势，连忙停下了动作，往旁边躲了躲。

不知道有没有被看到。

不过等我再探头出去瞧的时候，男人已经转身走了。

简直有阴影了。

之后几天我都没有再去跳舞。

不去跳舞，又在家闲得无聊，舍友说要做甜酒给我吃，我立刻屁颠屁颠地下楼去买糯米和酒曲了。

小区楼下有一家很大的便利店，是这片商品最齐全的店，我走到门口的时候，一眼就看到了那只蹲在门口摇头晃脑的大金毛。

我一下子没忍住，过去摸了摸它的脑袋。

小家伙乖顺得不行，要不是舍友怕狗，我都想抱回家了。

不知道偷狗犯不犯法……

刚直起身子，就看到门口的收银台前站着一个穿黑色卫衣的男人，和善地冲我笑了笑，“摸吧，它不咬人的。”

我的脸噌的红了起来。

怎么哪里都有他？

我“哦”了一声，摸摸大金毛的脑袋，随后灰溜溜地进了便利店。

称了糯米，买了酒曲，顺便拿了一打酸奶，出来结账的时候发现他还在。他好像是在办什么购物卡。

便利店只有一个收银台，我只能排在他后边了。

老板一边给他办卡，一边说：“第一次办卡还不能打折。”

他“嗯”了一声。

我看他拿的东西不少，就递上了自己的卡，“借给你打折，要吗？”

他顿了顿，笑着冲我说了谢谢，伸手接过卡。

他结了账，把卡还给我之后在旁边装袋，但等我付完钱他还没装好。

“重的放下面，轻的放上面。”我忍不住提醒，“冰的东西要分开放。”

他有些手忙脚乱地开始整理，看起来有些苦恼。

我看不下去，放下了自己的东西给他整理，利落地把他装了三个袋子的东西整理好放到两个袋子里了。

他摸摸眉毛，“谢谢。”

“客气。”我看着他提着两个袋子走出去，提议道：“要不我帮你牵狗吧？你没手牵了。”

他有些意外，“那敢情好，麻烦你了。”

我们往回走，路上他告诉我他住在9栋，和我家离得不算远，走几步就到了。

大金毛跑得飞快，我好几次都差点拉不住它，但是它主人一叫它，它就安分了。

本来气氛很和洽，毕竟有狗在，但是他突然问了一句：这几天怎么不去跳舞了？

我简直要跳起来了！

我连连否认：什么？跳舞？我不会跳舞啊。

他侧头，似笑非笑地看了我一眼，没有再继续这个话题。

谢天谢地。

我把他送到楼下之后，大金毛就熟门熟路地进去了。

他在门口跟我道谢。

我：客气了，都住一个小区。

他笑了一下，把手里的东西放下，拿出手机：加一下你微信，好吗？

当然可以。

他扫了我的二维码，然后添加了我。

果然是那个Del。

我预感到一丝不妙，果不其然，还没到家，他就给我发了一段小视频过来。

我怕有声音没有点开视频，但光是看无声视频就已经够我原地爆炸十分钟了。

那个在忘情扭秧歌的女人，不是我是谁？！动作还能再丑一点吗？

视频的边沿有一小撮黄色，不用说，那就是大金毛的脑袋了。

我立刻删除了他。

他随后又发了一个好友申请过来。

我加了他，他很明事理，二话不说给我发了一个88块的微信红包。

他说：妹子，继续去做自己喜欢的事吧，我问你不是要笑话你的意思，只是我有些脸盲，那时候不确定，所以想求证。

我愉快地收下了红包：好的！

晚上我就又开开心心地跳舞去了。

大金毛反而没有出现。这是大金毛没有出现的第一天。

松了一口气。

大金毛没有出现的第二天。

松了两口气。

大金毛没有出现的第三天。

彻底放飞自我。

他可能是怕我尴尬吧，好贴心呀。

第四天，我又趾高气扬地站到领舞老师的旁边，跳得那叫一个带劲，大约过了半个小时吧，一晃眼，我又看到了他。

我是先看到大金毛的，心里咯噔一下之后才看到了他。

于是我就不好意思再跳了。

他还朝我挥手示意。

谁要和你打招呼啦？！

我朝他笑了笑，一副岁月静好的神情，然后就拿起背包走人了。

走出去没多远，等红绿灯的时候手机响了一下，我翻出来看了一眼，是他发过来的微信消息。

Del：不跳了？

我：嗯，累了。

Del：是累了还是因为看到我了？

我：哈哈，是有点不好意思。

Del：抱歉，我以前一直都是带棒球去广场的另一边散步的，这段时间那边施工，所以我才到这边来的。那我明天开始到另一边去吧。

他这样说，我反而有些不好意思，感觉是自己太小心眼了。

而且……我是不是嚣张过头了啊？他好歹也给我发过红包呢！

马上回复：不是不是，小广场是公共场所，你想去哪都行，我是因为有点拉肚子，所以赶着回去。

Del：哦。

我回头看了一眼小广场，发现他还在那里，看着手里的手机。

后来的几天，他就真的没有来了。

我越来越过意不去，好像是我赶走了他似的。

随后，某天晚上他发了一条朋友圈，说他的狗胆小怕黑，走夜路的时候把他的鞋子都快咬坏了。

我就评论了一句：你还是到这边遛吧！

他很快就回复了：可以吗？

当然啊。

我发现，我的小美女房东也是他的好友，还在下面评论了一句：天哪好萌啊，好想抱一抱……

他高冷地回复：不让抱。

她：哈哈，讨厌。

第二天早上起来我又特意去看了一下他朋友圈下面的评论，发现他并没有再回复我房东了。

咦？我为什么要关注他们的对话啦？

晚上我去跳舞的时候又看到他了。

他过来的时候我已经跳完了，刚要走，就收到他的微信消息：能不能请你喝糖水？

我不知道为什么忽然有些脸红，虽然刚跳完舞的脸本来就是红的。

我回复他：为什么要请我喝糖水？

他：可能是为了感谢你允许我回这边遛狗吧。

这个回答，我很满意。

我说了一声“给我二十分钟”，而后就飞速跑回家洗澡化妆了。

他在楼底下等我，看到我的时候有些不可思议：你们女人真是神奇的物种。

糖水是在小区附近喝的。那是一家老字号，很好喝，我喝的是甜酒蛋，喝完之后感觉晕乎乎的。

他点的竟然是甜酒，喝完之后说没有他做的好吃。

我很惊讶他也会做甜酒，然后他顺理成章地约我下次到他家去喝甜酒了。

我一直没去，老推托说要加班，他很聪明，第三天就快递了一束花送到我家。

这种程度应该算是表白了吧？

我到小广场去找他，他和大金毛蹲在路边，百无聊赖的样子，看到我过来立刻跳了起来。

大金毛也冲我"汪"了一声。

他朝我笑了一下，"来了就算是答应了哦？"

"答应去你家喝甜酒而已。"

他歪着脑袋笑。

我们牵着大金毛转了一圈，来到跳广场舞的地方，领舞的阿姨朝我招了招手。

我也冲她招手，用余光瞥见身边的他也在招手。

我："你认识那个阿姨？"

他笑了一下："和你介绍一下，这是我妈。"

他捏了捏我的脸："不然你真的以为我会因为你的舞姿喜欢上你？"

我愣在当场。

他："就上次我妈妈扭到脚，她跟我说是一小姑娘背她去的医院，我就觉得你老厉害了，我妈一百多斤，你说背就背了。"

我佯装生气转身就走。

他在后边笑弯了腰。

难怪阿姨一直说要给我介绍对象呢，我因为被家里安排的相亲弄怕了，所以一直没答应。那么，当初也是阿姨把他引过来的。

他一直跟在我后边，把我送到家，样子很无辜："还去不去我家喝甜酒啊？"

我面无表情地问他："笑够了没有？"

他猛点头："再也不会笑了。"

那我就考虑考虑。

我去他家的时候还带了一些小饼干，是在家和舍友大狗子一起做的，他很喜

欢，大金毛也很喜欢。

他盛了一碗甜酒递给我，我喝了一口便皱眉，问他："没有放糖吗？"

他笑了一下，凑过来亲我。

"——甜酒要这么吃才甜。"

大学生该不该谈恋爱

“哇，要死了，这次对上法学院了。”

“法学院谁上啊？”

“听说他们的最佳辩手陈星浪会上。”

我从被窝探出脑袋：“那还打什么？”

自打建校以来，各种大小辩论赛都是法学院拔得头筹，别的学院从来都只争第二，勇夺第三，没人敢妄想第一名。

“稳住，我们不会输太惨。”队长安慰我们，“能和法学院辩一次，也算是我们的荣幸。”

众人一脸微笑。

“辩题是什么？”我问。

“辩题是：大学生该不该谈恋爱，我们是反方。”

“这什么辩题？”我摔枕头。

“哈哈哈哈。”队友毫不留情地大笑，“对我们小周周造成一万点伤害。”

“挺好的，这个题目适用于我们刚刚失恋的小周周，小周周好好表现哦！”

我努力保持微笑：“你们对我好一点，谢谢。”

辩论赛那天，我在食堂吃早餐的时候，遇到了甩了我的前男友和他的新女友，我心里不舒服，脸上表情也难看，不吃都饱了。

直到坐上辩论座席，我还是黑着脸，队长说我这个气势可以，让我盯紧陈星浪，把他当作前男友一样盯着。

“那真的是便宜小周了，人家陈星浪比她那个‘渣’前任帅了不止一点点。”

“而且人家优秀得多，学生会会长，辩论协会会长，奖学金拿到手软，还有保研资格……”

我很不耐烦：“这么厉害，那我们还打不打？”

“打打打！”队长摩拳擦掌，“稳住，我们能赢。”

今天的辩论赛，几乎是座无虚席，当然大部分都是来看法学院的。

我有点小紧张，视线都不敢乱放，只紧紧盯着对面，以至对面的陈星浪被我盯得莫名其妙，歪了歪头，递过来一个询问的表情。

我又超凶地盯回去。

这场辩论赛实力悬殊，到驳立论阶段的时候，我们就输了。

对面实在厉害，不愧是校队，逻辑清晰，论点明确，举例生动。

终于撑到自由辩论环节，队长搬出了我这个最后的“武器”，说：“请大家看看我方三辩，她原本是我们队的门面担当，但是她今天很憔悴，发挥得也不是很好，就是因为她上个礼拜失恋了，一个星期寝食难安，瘦了一圈，所以谈恋爱好吗？不好！”

我立刻摆出一副要死不死的模样。

陈星浪神情自若，笑了一下，从容接话道：“我觉得对面三辩气色很好，显然是结束了一段糟糕的恋情，但是这并不能说明恋爱是不好的，她只是遇到了一个渣男。我认为她现在最需要的，恰恰是立即开展一段新的恋情来疗伤。”

场下爆发了热烈的掌声。

我冲他微微一笑，问：“那么请问对方三辩，你这么帅，又这么优秀，为什么不谈恋爱？”

他很从容地回答：“因为没有人要和我谈。”

我们队长抓到他话里的破绽，激动得快站起来了，“那你愿不愿意和我方三辩谈恋爱？”

我一头雾水。

场下传来起哄声，还有人开始喊：“在一起！在一起！”

对方二辩黑着脸说：“请对方辩友不要曲解辩题，今天我们的辩题是大学生要不要谈恋爱，对方辩友如果不理解的话，我可以为对方辩友解答一下。”

我们队长持续攻击：“我很清楚辩题，刚刚对方三辩也说了，我们三辩需要一段新恋情疗伤，那么请对方三辩回答我，愿不愿意和我们三辩谈恋爱？”

空气都凝固了。

陈星浪看了我一眼，就那么一眼，我大感不妙。

“我当然愿意。”他笑着说。

台下响起了热烈的掌声。

“我不仅愿意，还能让她迅速从失恋中走出来，向你们展示一下，大学生谈恋爱是利大于弊的。”

真不愧是最佳辩手。

这一场我们输得好惨，栽进了自己挖的陷阱里。

“他如果拒绝了，正好就驳斥了自己的观点，如果他不拒绝……那你也不亏啊。我当时真的觉得他会拒绝的。”离场之后队长跟我解释，“小周周，别生气了，我请你吃火锅好不好？”

我抱手臂：“哼！那我要吃火锅！”

“吃吃吃，走着！”

我们一队人去了大学城的商业街，正值饭点，每个餐厅前都排着队，我们刚拿上号，转头就看到法学院辩论队的一行人。

所谓狭路相逢，分外眼红，我们队长已经在卷袖子了，我们连忙拉住她：“老大，打不过，打不过。”

下一秒法学院辩论队的人就抬头看到了我们。

队长瞬间换上了一副谄媚的笑脸，冲对方挥挥手打招呼：“哈喽，好巧啊。”

我们被她的换脸之快惊呆在当场。

对方也很热情，纷纷回应：“好巧好巧，嫂子好，嫂子好。”

谁？啥玩意？

“一起吃吗？”谄媚的队长抛出橄榄枝，“我们拿了号。”

他们的四辩一点都不客气：“可以可以。”

于是八个人一起进了店，服务员为我们安排了大桌，大家依次入座，我走在最后，等到我落座的时候，就只剩下陈星浪身边的位置了。

“嫂子坐，嫂子坐。”对方一辩和四辩很是热情，还要给我倒茶，“嫂子喝茶，嫂子叫什么名字啊？”

我权当他们在开玩笑，一边坐下，一边介绍了自己。

点菜的时候他们点了些酒，非要敬陈星浪，说：“今天是个值得庆祝的日子，来，让我们举杯，恭喜我们老大今天脱单！”

陈星浪看起来有点无奈，但最后也举杯和他们碰了碰，开玩笑地说：“谢谢，谢谢。”

我一眼就看出苗头了：从进来开始，他们的二辩美女就不太高兴，我坐到陈星浪身边的时候，她还皱了一下眉。但是他们看起来又不像情侣，所以暂且只能推断是这位美女单恋陈星浪。

我感觉自己好像被当枪使了，就跟着举杯敬陈星浪：“陈会长，今天冒犯了，希望你不要介意，我敬你一杯。”

他笑了一下，拿起杯子和我轻轻碰了一下：“不介意。”

我发现他笑起来很好看，眼睛亮亮的，而且居然是桃花眼。

我们队长在旁边坏笑：“是不介意被冒犯，还是不介意做我们小周周的男朋友？”

陈星浪看了我一眼：“都不介意。”

我被他那个眼神惹得心搏骤停。

“他说都不介意的时候，帅到爆炸。”

“这个人真的没有女朋友吗？我不信哎。”

我从浴室出来的时候，宿舍那三个人还在讨论。

“小周周真的是太幸福了。”队长忽然感慨，“打个比赛捡个男朋友。”

我：“我幸福个头啊？没看到他们二辩快把我瞪死了吗？”

“你不是瞪回去了吗？”

晚上对方四辩加了我的微信，上来就叫了我好几声“嫂子”。

这便宜不占白不占，我给他回了个红包，红包落款是：嫂嫂请你吃糖糖。

他回了我一个“一分不是爱，是伤害”的表情包。

我：哈哈哈哈。

法学院四辩：说正经的，嫂子，要不要加入我们辩论协会？

我：有什么好处？

法学院四辩：免你入会费，帮助提高你的思辨能力和辩论口才，还有各种参加比赛的机会，最重要的，是有和我们星浪哥亲密接触的机会啊！

我：我都是你嫂子了，和他亲密接触的机会会少吗？

法学院四辩：星浪哥说并没有和你亲密接触过。

我愣在当场。

法学院四辩：来嘛，嫂子！

我：为什么不叫她们？我是我们队垫底的。

法学院四辩：我们比较喜欢你这种有开发潜力的。

我差点就信以为真了，直到我问了队长，才知道其他三个人都拒绝了他。

“辩论都谈不上是爱好，辩论赛也是系里没人去才推的我们，进协会干吗？麻烦。”

“我要打游戏，不进。”

“我要谈恋爱没有空啦，而且辩论协会那么多帅哥，我男朋友会吃醋。”

她们各有各的说辞。

“小周周，你应该进辩协，真的，这学期你因为谈恋爱，都没参加过什么活动，综合素质分很低。”队长劝我，“辩协是校级协会，进了就能加分，再打场辩论赛，拿个奖，分数就不用愁了。”

我当即回复了法学院四辩：好的，以后我就是你们的人了，请多多关照！

法学院四辩：不敢当，不敢当，你是我们老大的人，不是我们的。

半分钟之后，他把我拉进了辩协的群。

群里仅有十二个人，很显然，我进去之前他们正在聊天，四辩冷不丁把我拉进去后，他们立刻就安静了。

法学院四辩强行热场：热烈欢迎嫂子进群！

下面有个女孩子发了一个微笑的表情。

另外一个女孩子说：咱嫂子不是在群里了吗？

然后第一个女孩子@了他们队的二辩，说：逼宫来了哈哈哈，还配了一个偷笑的表情。

哦哟，刚进来就想搞我？

我从群里加了陈星浪为好友，私信问他：那个二辩是不是你女朋友？

陈星浪回复得还蛮快的：不是。

我：那就好。

我火速回到群里@了一下陈星浪，说：快点来介绍一下你女朋友。

陈星浪倒是很配合，立刻就在群里说了一句：欢迎小周周。

前面那两个阴阳怪气的女生没有再说话，估计被气得够呛。

过后我偷偷问他们四辩，为什么陈星浪没有直接拒绝二辩，四辩说：人家一直没有正式表白，让浪哥怎么拒绝，婉拒的时候她就装听不懂，真的超级烦的，整天以陈星浪女朋友自居，搞得没有女生敢靠近我们浪哥。

法学院四辩：这次真的是谢谢你。

我：谢我干什么？

法学院四辩：谢谢你做我们浪哥的女朋友，谢谢你在群里怼她，你不知道我们有多烦她。

我：哈哈哈哈，胡说八道，我这么善良，怎么会怼人？

是她们先阴阳怪气，我才阴阳怪气回复的。

四辩又把我拉进了一个群，群里就三个人，群名叫“怼死那个女人”。

我一开始觉得他们有些过分，二辩又做错了什么呢？不过就是喜欢一个男生罢了，就被这样对待，还同情了她两天。直到第三天，四辩他们在群里疯狂吐槽她。

四辩：嫂子，你救救我们浪哥吧，我们浪哥要疯了快。

我：怎么了？

四辩：今天我们模拟法庭，抽签抽到她和我们浪哥饰演一对离婚夫妻，这个签是她的小姐妹暗箱操作的，然后彩排的时候，她对我们浪哥各种强暴。

我被后面几个字吓了一跳。

四辩：强抱，对不起，手滑打错字。

我：哇，这女的，有病吧？

四辩：嫂子，你能忍吗？

我：我……没什么不能忍的。

四辩：哇，你救救我们浪哥。

我：我要怎么救？

四辩：综合楼2楼阶梯教室，速来！

我：不去。

四辩：嫂子！！！

四辩：你来，这个学期的社团“先进个人”，我给你了。

我：这么黑暗的吗？

四辩：快来！

我立刻下床换衣服化妆就出门了。

这是我失恋以来，第一次化妆。

当我出现在教室门口的时候，我肯定是自带光环的，因为教室里的陈星浪看到我的那瞬间，眼睛都亮了。

“嫂子嫂子！”坐在陈星浪旁边的四辩连忙起来让位置，还特别高调地说：“嫂子你怎么有空来陪浪哥上课？”

陈星浪双眸带笑，深情款款地看着我，啊不，看着我这个“救世主”，“怎么来了？吃早饭没有？”

这边是陈星浪温柔的眼神，那边是二辩冷如冰锥的视线，我从容地在陈星浪身边坐下。

“你们今天不是模拟法庭吗？我来看看。”我撑着脑袋说，“听说还有老婆哦？那我又算什么呢？小三吗？”

“别闹。”陈星浪摸摸我的头，一点表演的痕迹都没有，“上完课带你去吃好

吃的。”

我瞬间就高兴了，“好哇！”

老实说，他摸我头的时候，我有一点点动心。

模拟法庭有点无聊，但是有亮点。

亮点其一是二辩红着眼眶的申述：“陈星浪，你怎么能这样对我？”

亮点其二是陈星浪不动声色的陈述，他准备的发言条理清晰，无懈可击，以至他的辩护律师几乎无话可说。

最后这场官司是陈星浪胜诉了。

下课之后四辩贱兮兮地去问二辩：“我们要跟嫂子去吃饭，一起吗？”

二辩留下一句“饱了”就走了。

我又有点可怜她了。

陈星浪带我们去吃长沙菜，在店里遇到了几个他们班的同学，都跟着喊我嫂子，还有几个小学妹，一脸羡慕地看着站在陈星浪身边的我。

那一刻，我的虚荣心得到了极大满足。

但是满足虚荣心是需要代价的，这个代价还非常大。

“男朋友，我真的今天要写作业，不能出门啊。”

“我问过你们队长了，你们这礼拜都没有作业。”陈星浪的声音还是很温柔，“过来吧，我给你带了早餐。”

“神经病啊！”我挂了电话就骂，“什么狗屁协会啊，哪有人大周末搞辩论练习的？”

“坑”了我的队长在床上装睡，不敢作声。

我满脸不耐烦地去到活动室，二辩也在，她缠着陈星浪在说话：“星浪，今天怎么那么早啊，我都还没吃早餐。”

陈星浪说：“你先去吃早餐吧。”

“你不是买了吗？”

“给我女朋友买的。”

我看到二辩的脸都僵了。

虽然我和陈星浪是演戏，但是如果我和陈星浪真的是一对，那她这样就属于“撬墙脚”行为了。

我故意冷着脸，站在门口叫了一声：“陈星浪。”

他立刻抬头，冲我笑了笑，然后走过来把包子和豆浆递给我，“真乖，没有迟到。”

今天的辩题尺度很大。

“大学生谈恋爱应不应该发生性行为，这个……”我捂脸，“这个有什么好辩的？”

四辩在旁边嘿嘿笑。

这个变态的题目肯定是他想的。

我们抽了签，这一次我和二辩都是正方，陈星浪和四辩是反方。

十分钟的准备时间，反方讨论得热火朝天，我们这边却因为我和二辩是“对头”，没有任何交流，只在座位上各自查资料。我搜出一个“听人家说跟男人睡觉是很快活的”的表情包，一个人笑了半天，我转发给陈星浪，他很无奈地看了我一眼，微微勾唇。

我旁边的二辩“啪”地把手机反扣在了桌子上：“时间到了，开始吧。”

虽然是即兴辩论，但是双方一辩的开篇立论都很精彩，丝毫看不出是没有准备的，就连台下观看的其他会员都很认真。

这个协会倒真的是一个有意思的协会。

自由辩论的时候，二辩一直追着陈星浪打，问他：“请问对方三辩，既然你觉得大学生谈恋爱不应该发生性行为，那也就是说，你还是处男了？”

台下一片哗然。

陈星浪微微一笑，犀利地反问她：“对方二辩，难道你的观点是大学生谈恋爱可以发生性行为，你就不是处女了？”

二辩的脸瞬间就红了。

虽然我是正方，但我简直都想为陈星浪的机智鼓掌了。

这一回合之后，我们明显处于劣势了，之后的几个来回，我们都不堪敌手。

最后半分钟，我站起来提问："对方三辩，你喜不喜欢我？"

陈星浪愣了一下，但是很快就反应过来了："喜欢。"

"那你想不想和我睡觉？"

他这次毫不犹豫地点了一下头，"想。"

"那你还觉得大学生谈恋爱不应该发生性行为吗？"

陈星浪从容不迫地说："我可以忍到毕业。"

行了，他赢了。

四辩一副很崩溃的样子："打个辩论赛招谁惹谁了，为什么也要被塞狗粮？"

这句话把气氛推到了顶点，二辩直接推开椅子走出去了。

打完辩论赛我们一起去吃饭，下楼的时候看到折返的二辩，陈星浪下意识就抓住了我的手，二辩看到这个动作，立刻就停住了脚步，幽幽地看着我们。

我和陈星浪假装没看到她，手牵手走过去了。

"哇，这个，这个。"走出二辩视线之后，我指着我们俩握在一起的手说，"这个要加钱的啊。"

陈星浪也笑了，"多少钱？"

"牵手十块钱吧。"

"还有哪些收费项目呢？"

"哇，你还想要干什么？"

陈星浪看着我，表情很认真："她这段时间收敛了很多，但是她那个人很执着的，你也看到了，如果被她发现我们是假扮的，可能会变本加厉地扑过来。"

"话又说回来了，我到底是怎么答应你要假扮你女朋友的啊？"我想不明白，"怎么就跳进坑了呢？"

他看起来挺不好意思的："是不是对你造成困扰了？"

"困扰倒是说不上，你那么帅，我也不亏，现在半个校园都知道你是我男朋友，刚好可以气一气我前任。"

"那……"他斟酌着说，"你介意这段关系再延续一段时间吗？"

"我不介意。"我嘿嘿一笑，"但是我怕我会爱上你，你冲我笑，摸我脑袋的时候，我非常心动。”

他又是一笑，然后抬手摸了摸我的头。

“哇！犯规了啊！”

大概是白天受到的刺激太大，晚上二辩开始疯狂反击，她在群里发了几张照片，说：这是今天模拟法庭时同学拍的照片，可以拿来做协会宣传的素材了。后边还发了一个萌萌的表情。

她发的照片里，其中有一张是她抱着陈星浪的照片。

这个真的是在挑战我的“权威”啊。

我当即在群里说：喂，他是有女朋友的人了。

二辩发了一个憨笑的表情，回我：模拟法庭嘛，都是表演。

我发了一个“你要脸吗”的表情包过去，然后就干脆利落地退了群。

陈星浪非常明事理，立刻就在朋友圈发了一条动态：小周周我错了。配图是一张四辩偷拍的我和他的照片。

这算是一条官方承认恋情的朋友圈动态了。

那之后大概半个多月，二辩都没有再来骚扰陈星浪，连协会的活动都很少参加了。

即便如此，陈星浪也没有放过我，只要是公共场合就一定会带上我，各种秀恩爱，以至于我前任都来酸溜溜地问我，是什么时候和陈星浪好上的。

期末的时候，协会举办了一次聚餐，吃过饭之后四辩提议去唱歌，我本来不想去的，但是看到二辩还在，就跟着去了。

进了包厢之后，二辩就安安分分地坐在角落玩手机，也没蹭到陈星浪身边，也没切过我的歌。还记得之前有一次聚餐唱歌，我点的每一首歌都被她切掉了。

我、陈星浪和四辩在另一边玩牌，只听见二辩开始唱《告白气球》，人越走越近，最后几乎是站在陈星浪面前唱完了整首歌。

我和陈星浪都假装没看到她，继续玩我们的牌，结果那姑娘唱完歌就开始表白。

“星浪。”

陈星浪皱眉，“别叫我星浪。”

“星浪。”

陈星浪吓得默默搂住了我的腰。

“我喜欢你那么多年，一直都没敢表白，因为我知道你不喜欢我，所以不想打扰你。你和别人在一起了，我也都是祝福，希望你能开心、幸福。”

说了这么一大段违心的话，真是难为她了。

陈星浪微笑着：“谢谢，我现在很幸福。”

“但是，”二辩走近了一步，“我昨天刚刚从朋友那打听到，你们根本就没有在谈恋爱。”

我和陈星浪愣在当场。

“星浪，我不求你能和我在一起，但是你也不要为了逃避我，而和别的女的演戏给我看，好吗？”

陈星浪显然蒙了：“我没……没有演戏啊。”

二辩微微一笑，“接下来，一首《演员》，献给在座的某人。”

这是在叫板我？

我过去切了她的歌，她又新点了一首：“一首《执迷不悟》送给在座的某人。”

“一首《不要脸》送给某人。”

“一首《你有病》送给某人。”

……

陈星浪拿了我的包和外套走过来：“周周，我们走吧。”

“星浪。”二辩拦住他，“你别和这个女人一起走。”

我感觉陈星浪已经忍耐到极点了：“这是我女朋友，我为什么不能和她一起走？”

“你们是假的，我都知道了。”

“不是假的。”

“就是就是就是！”二辩歇斯底里，伸手来推我，“你给我离他远点。”

我既无奈又生气，踮脚在陈星浪脸颊上亲了一下：“这样你还觉得是假的吗？”

陈星浪被我亲得愣了一下，随即也偏头亲了我一下。但是他亲的是我的嘴唇。

“这样你还觉得是假的吗？”

二辩的眼泪立刻就落了下来：“陈星浪，你这个王八蛋！”

陈星浪拉着我走了。

他一直牵着我，进了电梯人很多，他站在外侧护着我，让人怪害羞的。

走出来冷风一吹，气氛就尴尬了起来。

为了缓解尴尬，我凶巴巴地问他：“你干吗亲我？”

他一副无辜模样：“你先亲的我。”

“我亲的脸，你亲的哪？”

他舔了一下嘴唇：“对不起嘛……”

我捂脸：“你干吗舔嘴唇？！”

“你说呢？”

我脸红了：“我不知道。”

他笑了一下，声音低低的：“那你想知道吗？”

“不想。”

“你明明就想。”

“才没有！”

“我在回味。”

“你可闭嘴吧……”

“小周周。”

“干吗？”

他自顾自地笑了起来：“我真的是，挺喜欢你的。”

“挺喜欢而已？哇，亲都亲了，才是挺喜欢？你过不过分啊。”

陈星浪：“很喜欢，以后还能不能再亲？”

我愣了一下：“你这是，在表白？”

“嗯。”他表情认真了许多，“小周周，我喜欢你，我们真的在一起吧？”

我心跳都停了：“啊？”

“你喜欢我吗？”他的声音低低的，很温柔，很魅惑。

“你说呢？不喜欢你让你亲到我？”

他笑了起来，偏头亲了一下我的脸：“先盖个章。”

“嘴巴也要。”

搞错相亲对象了

家里的“太皇太后”又发来了一张微信二维码的截图。

随手往上翻我与她的聊天记录，这半年来她给我发的信息全是二维码名片，以及各种各样的男人的信息。

我干脆把她的备注改成了“世纪佳缘”。

鉴于“太皇太后”会不定期督查，我乖乖加了此人微信。

随后，“太皇太后”发了一段语音过来，主要是介绍此人的基本情况，我没细听，不过末尾几句特别嘱咐的话，我认真听了。

“……人家就是想找个贤惠一点的，所以你跟他接触的时候小性子收一收，不要作妖。”

嘻嘻。

我给“太皇太后”发了一个“OK”的表情后就干活去了，直到下班拿起手机才发现对方已经通过了我的好友申请。

我二话不说，先发了一张自己的身份证照片过去。

搞砸相亲的第一步——发身份证。

一是身份证照惨不忍睹，二是我妈总是跟介绍人谎报我的年龄，发身份证可以让对方“认清”我。

他很快就回复了一个问号过来。

吓到了？

我打文字回复：你好，我是张舒云的女儿。

他：噢，你好。

搞砸相亲第二步——针对对方的喜恶聊天，透露自己的不良生活习惯。

我问他：你头像里的那只大金毛，是你养的啊？

他：嗯。

我：大金毛是不是掉毛很严重啊？

他：还行。

我：我很容易过敏，所以不能养狗。

他：嗯。

这人怎么都不接招啊？脾气那么好？

我继续放大招：我妈妈应该跟你说过了吧，我脾气不是很好，有点公主病。

他又发了一个问号过来。

自此，对话短暂地终止了。

这个相亲对象，比我之前遇到的任何一个都高冷呢！

相亲搞砸第三步——跟“太皇太后”告状。

“人家都不是很想搭理我呢。”

“哎呀，理工科的男生就是这样啦，有点害羞和木讷的，你们刚接触，这种情况是自然的。”

我白眼简直都要翻上天了。

“而且我之前给过人家你的照片，人家说很喜欢你啊。”

“妈！”我回头看她，一脸严肃，“我就问你，他帅吗？”

“可以啊，白白胖胖的，人看起来很老实很有福气的。”

“你还记得吗？你曾经也这样夸过菜市场卖猪肉的余叔。”

“……”

于是“太皇太后”又开课了，今天的主题是：女孩子不要太颜控，长得帅不能当饭吃。

可能是“太皇太后”去点拨了一下那个男生，晚上睡觉前，他发了一条消息过来。

他问我：什么叫公主病？

这倒把我难住了，我琢磨着回复：这个要怎么说呢？

接下来就是我发挥演技的时候了。

我回复他：这样，你叫我一声试试看。

他很听话地叫了一声：陈子衿。

我：呵呵，你居然连名带姓地叫我？

他：啊？

我：再给你一次机会。

他：子衿？

我：谁允许你这样叫我了？肉麻！

他：……小陈？陈小姐？

我：我是你下属还是你客户啊？而且你加那么多问号干什么，要怎么叫我，你心里没数吗？

他：……

我：懂了吧？这个就是作。

他：啊，我都给你整蒙圈了，所以到底要怎么叫你呢？

我：陈子衿就好了。

他发了一串“哈哈哈”过来。

他：陈子衿。

我：嗯？

他发了一个笑脸过来：挺可爱的，不觉得作啊。

这剧情走向和我设计的不一样啊。

我：你是认真的？公主病很烦的。

他：还好。

我：有这种女朋友很烦吧？

他：应该不会呀。

可能是量变尚未达到质变，也可能是这位大哥接触的女生少，所以才觉得这样可爱。

为了防止他去跟我妈说“觉得我不错，很可爱”，这样会导致我妈把我押过去和他见面，逼迫我将其发展为对象，我决定加大作的力度。

第二天，一睁眼就给他发信息：早啊。

他倒是很快就回复了，没有被我抓到话柄。

吃早餐的时候，我开始作妖。

我：今天是我们认识的第二天，你没有礼物送给我吗？

他很快就发了个88.88元的红包过来。

无懈可击。

我开始鸡蛋里挑骨头：为什么不是520？你不爱我了。

他立刻转账了520元。

我还以为我眼花了，定睛一看，他真的转了520元过来。

我没有领钱，发了个“么么哒”过去。

直到中午休息，他都没有回复我。

我立刻“炸”了：干吗不理人？

连发了几条信息：忙什么呢？以后聊天只能由你结尾，懂吗？

他隔了半小时才回复：懂。刚刚在开会。

我：中午不休息开会？谁信呢？

他：真的。同时发了一张会议室的照片过来。

我信了，也有点同情他：你们老板真的缺德。

他：我就是老板……

我有点尴尬，输入了“不好意思”四个字，最后又删了。稳住，我现在的人设是“爱作妖的剩女”，不能崩。

下班的路上，我给他分享了三条从朋友圈看到的链接。

“男朋友用了新表情，就是在外面有狗了。”

“男人宠你1级到10级的样子。”

“男朋友帮自己买卫生巾，这个要求很过分吗？”

作女必备。

他秒回：看不下去。

我又“炸”了：为什么看不下去？你很忙吗？几篇文章都看不下去？

他：我在开车，到家再看行不行？

我：不行！你现在！立刻！停车！看文章！

这话发出去后，我自己都受不了了，这算是十级作了吧？

他却回复了一句：好的，娘娘。

意识到自己的无理要求过分之后，我：开玩笑的！

结果地铁上刚好没信号，我着急忙慌，狂甩手机，那条信息还是怎么也发不出去。

好不容易出地面了，在那条信息发出去的同时，我收到了他发过来的照片，是一张车停在路边，交警过来贴罚单的照片。

我：啊，真的被贴了？对不起！

他：没事，这几篇文章很好，我读了深有感触。

我给他发了个红包作为补偿，他没有领，只发了一个笑脸过来，说：逗你玩的，这边一般没有交警。

这孩子……不是傻，就是段位极高。

晚上到家的时候，“‘世纪佳缘’客服”照例来查看进度。

我给她展示了一下我与相亲对象的聊天记录，示意自己加了对方，结果她皱了眉，“不对啊，这个微信头像有点眼熟。”

“哪里不对了？”我刚问出口就冷不丁地被她打了一下，“哇！妈你干吗打人！”

“你现在还学会糊弄人了是吧？这个人根本不是我介绍给你的对象，你以为我看不出来？”

我满脸惊讶：“妈，妈，你看清楚，这个就是你发给我的，你自己去看聊天记录。”

她一脸怀疑地去翻自己的聊天记录，然后“啊”了一声。

“我发错了！”

“这个不是小赵，是我客户！”

我和她对视一眼，彼此脸上都写着两个字：完了。

“太皇太后”的客户都是大肚子的暴发户，我居然跟一个老男人撒了那么久的娇？

“你没得罪他吧？”我妈战战兢兢地问：“没告诉他你是谁吧？”

“我说了我是你女儿。”

“陈子衿！”

“这不赖我啊！”

晚上他给我发信息：刚刚你妈妈给我打电话了，她说你把我当成你的相亲对象了。

我：对不起……

他：哈哈哈，难怪奇奇怪怪的，一上来就发身份证呢！

我简直无地自容。

随后他发过来了一段语音。

“我记得云姐以前跟我说过，你好像才25岁吧？就这么操心给你介绍对象了？”

我被这段语音猝不及防地击中了。

在我的潜意识里，他是一个大叔，忽然听到这么年轻好听的声音，反差真的太刺激，而且他最后一句话还带着笑意。

一般情况下，对方给你发语音，你回语音过去，是一种社交惯例，可是我突然就害羞了，没好意思回语音，只是输入文字：可能是怕我真的嫁不出去，毕竟有公主病。

因为我没有回语音，所以我觉得他也不会再发语音回复我，没想到他仍然回了一段语音过来：“这么可爱的公主病，怎么会嫁不出去？”

不夸张地说，那瞬间，我觉得自己爱上他了！

我蹦到正在敷面膜的“太皇太后”面前，问她：这个“客户”多少岁？帅不帅？

“太皇太后”瞄了我一眼，带着毫不掩饰的鄙视，“别想了，人家看不上你的。”

“怎么说话呢？”我在她旁边坐下，“我跟他聊了一天了，还挺聊得来的，你不觉得这是一种缘分吗？而且你那么想我找男朋友，现在我终于有喜欢的人了，你难道还不帮忙？”

“不是我不帮你，人家大你两岁，自己开公司，青年才俊，我的大客户，你觉得人家能看得上你？加你微信都是你上辈子积德积福来的。”

我“哇”的一声哭了：“亲妈啊。”

“不过我们星期五有场讲座，他到时候也会过来，我们缺个摄影师，你想不想……”

“我去！我去！”我举双手，“我有单反，我会拍照！”

她鼻子哼气：“能不能矜持一点？名字给你白起了。”

星期五那天，我提前到了。

毕竟是答应了“太皇太后”要做摄影师的，我得提前去取景，找光线好的位置。

做好准备工作之后，我溜到“太皇太后”办公室休息，刚在她那张舒服的椅子上坐下，有人敲办公室的门。

“请进。”我以为是她助理，结果抬眼就看到了一个陌生男人，我们俩都一愣，他还特意回头看了一眼门牌确认。

对方穿着衬衣西服，但不是“太皇太后”公司的制服，显然是来听讲座的客户，我不敢怠慢，连忙站起来，“你好，请问是找张经理吗？她现在正在会场布置。”

他“哦”了一声，问：“你是她的助理？”

完了完了，一听到这声音，我的脸就开始发烫。

这个人就是和我聊天的男人！

声音太有辨识度，没法不认出来。

而且，他的颜值和我预想的差不多，是我喜欢的那种类型。

“我是。”

“我记得她助理戴眼镜的啊？”

“我，我是实习生。”我差点咬到了舌头，“要不你在这坐一下？我帮你去叫她。”

他似乎笑了一下，“可以。”

我出门前还给他倒了一杯茶，他没有一点企业家的架子，一直在说“不用”，最后接茶的时候，站起来双手接的。

声音满分，颜值满分，涵养满分。

我在出办公室的时候，头还是晕的。

我在会场走了一圈，没看到“太皇太后”，问了人才知道她刚刚回办公室了，可能和我错过了。

我又连忙往回赶，敲门进去的时候，他们俩正坐在沙发上交谈，看到我进门，我妈特意跟他介绍：“常淞，这个就是我女儿陈子衿，你们之前应该在微信有聊过。”

我感觉自己已经原地爆炸了。

常淞放下茶杯，笑盈盈地望着我：“对，聊过，刚刚也见了一面，她说她是你的助理。”

又是一次原地爆炸。

我妈反应超快：“对，今天是助理，特意叫她过来帮我们拍照的。”

我挤出一个笑容，拿起我的相机：“讲座要开始了，我先过去了。”然后朝他们笑笑，礼貌地退出办公室。

讲座即将开始的时候，礼仪小姐领嘉宾入席，我站在角落端着相机，镜头里猝不及防出现了常淞的身影，他跟在穿着高跟鞋的礼仪小姐后边，还能高出半个头。

身高也满分。

我抓拍了几张，毕竟纵观全场，再也找不到比他更有气质更上镜的人了。

我咔嚓咔嚓拍了两张，镜头里那人闻声偏头，隔着相机和我对视了一下。

我下意识又抓拍了一张，然后他又冲我笑了笑。

之后整场讲座我都陷入了想拍他但是不敢拍的境地，偶尔镜头扫过他，不到半秒他就会发现，然后偏头看过来。

只有尽量忽视他，我才能发挥出专业水平，完成整场讲座的拍摄工作。

讲座过后，我尽职尽责地把照片修好后发给“太皇太后”，她转身就交给助手发公众号文章了。

半小时后，常淞转发了这篇文章，还写了一句话：受益匪浅的一场讲座。

这个“受益匪浅”，不免让我想起自己逼他靠边停车看文章那件事。

下面还有一条他的统一回复：不是我帅，是小美女拍得好。

他说我是小美女？！

我截了图发给他，追加了一个害羞的表情：怎么能当面夸人呢？

他：那我删掉？

我：你试试看。并发了一个凶巴巴的表情过去。

聊天界面上显示对方正在讲话，我没来由地一阵紧张，很快就收到了三段语音。

“我们以前就见过，你还记得吗？”

“那时候你还在读高中，我去找你妈妈，你在她办公室写试卷。”

“然后你让我帮你写一篇英语作文。”

声音低沉悦耳，带着些微的笑意，直直地往我耳朵里钻。

其实在听到第二段语音的时候，我就想起来了。

那是高二暑假末尾，我玩了一个夏天，试卷一张没做，被我妈带到办公室接受监督，写到快发疯时，突然办公室就进来了一个小哥哥。

“是你先撩我的好吧。”我发语音给他，“我好认真地在写试卷，你忽然伸手过来点点我的卷子，说我选择题一题都没对。”

“嗯。”他一本正经地说：“所以后来听到你妈妈说你考上大学了，我惊讶得很。”

“喂！”

他在那边低低地笑了：“说真的，你那时候好可爱啊。”

“嗯？哪里可爱了？”

他声音里的笑意更深了：“写不出试卷玩笔的样子可爱。”

什么“对皱着眉写试卷的美少女一见钟情”，果然是幻想。

“子衿。”他忽然叫了我一声。

“啊？”我又开始紧张了。

他恢复成打字了：有件事想和你说。

我脑子一昏，忍不住抢在他前面发出去一条“我喜欢你”。

几乎是同时，他发来了一句话：我这几天要出差，小区的宠物店关门了，能把狗狗放你那边寄养几天吗？已经跟你妈妈说过了。

我迅速撤回。

他：你不必撤回，我已经看到了。

……

我好想把他拉黑呀！

“你现在在家吗？”

我不想说话。

“我现在把狗狗带过去，好吗？”

憋了半天，我还是回了一个“嗯”。

二十分钟之后，门铃响了。

我有点紧张，开门都开了半天。

门外站着一个帅哥、一只帅狗，大金毛十分不认生地抬起前爪“嗷呜”一声朝我扑来，我“哇”叫了一声。

“亲亲！”常淞轻声喝住了它，“别吓到小姐姐。”

“没事啊。”我笑着摸了摸大金毛的脑袋，“我很喜欢狗的。”

他眼底带着戏谑的笑意：“不是说过敏？”

“就对你家狗不过敏，行不行？”我没好气地说，干吗要拆穿人家？

他没有作声，只是笑着看着我，他眼神太温柔，我有点受不了，于是及时挪开视线，随意问了一句：“它叫青青？‘青青子衿’的青青？”

“不是。”

我就说是我误会了嘛。

“那是什么？难道是‘亲卿爱卿，是以卿卿’的卿卿？”

“也不是。”

“还能是哪个？”

“亲亲子衿，亲吻的亲。”

我猝不及防地愣住了，看了他两秒，然后脸红透了，“什……什么？”

他仍然笑盈盈的，歪着脑袋重复，“亲亲，子衿。”

大金毛在旁边以为是在叫它，呜呜了两声。

“变态！”我脸都红了，怎么取这种名字啊？

“不喜欢？那我改掉。”

“你想给你的狗狗取什么名字关我什么事啊。”

站了一会儿，他还没走，我忍不住问：“你不是要出差吗？”

“我改变主意了。”

“什么？”

“本来是想等出差回来之后再慢慢聊的，谁知道你这么早就告白了，既然如此，那就直接交往吧。”他很自然地牵起我的手，“还没吃饭吧？走，哥哥带你去吃好吃的。”

这句话，和记忆重叠了。

那一年他帮我写完了作文，字迹漂亮，语法高级，我很高兴，跟他说他和我妈妈一定会合作愉快。

他就坐在我对面，笑眯眯地说：“合作了，哥哥就带你去吃好吃的。”

我想做你哥的女朋友

开学的第一天，我在车站等闺密等了三个小时。

给她打电话她也没接，我要气疯了，给她怒发了十几条短信。

——老婆啊，你下车没有啊，我在出站口等得腿都麻了。

——接电话啊，你在逗我吗？

——我生气了，让我等了那么久，回头嘿嘿嘿，让你知道我的厉害。

我又一连发了几个猥琐的表情包过去，那边还是没有回复。

我实在等得不耐烦了，刚准备撤，手机响了一下，她回复了。

——？

哎哟？这个人还好意思打问号哦？

我刚要骂人，结果下一条跳进来的短信就吓得我魂飞魄散。

——我是安安的哥哥，她没赶上车，坐了下一趟，4点才到。安安的手机落我车上了，你是她男朋友？

“不是”两个字还没发出去，他又回复了。

——还挺牛的嘛，（微笑的表情）碰过我妹妹了？

不夸张地说，我感觉自己的头皮瞬间炸开了。完了完了，这下玩笑开大了。

我这边还在满头大汗地打字解释，他那边又突然拨了电话过来，我措手不及，手忙脚乱地接通了，然后不等他开口急忙解释：“喂，你好，我是安安的舍友，刚刚是和她开玩笑呢，她没有男朋友，不好意思不好意思。”

那边沉默了好大一会儿才开口，似乎是被我噎到了，语气有些艰涩，“你……

真会开玩笑。”

我自己也觉得很好笑，一边忍着笑意，一边连声道歉：“对不起，对不起。”

他那边轻笑了一声，“吓我一跳，差点就要开车过去了。”

我真的挺抱歉，如果我自己也有个妹妹，让我看到有人这样与我妹妹说话，我肯定要拿着菜刀冲过去的。

“我一会把她手机给她快递到学校去，麻烦你帮我跟她说一声。”

我忙不迭地应了，“好的好的。”又很懂事地说：“你放心，一会我接到她了，会给你回信息的。”

他又笑了一声：“那就麻烦你了。”

“没事没事。”

电话挂了没多久，我就接到了安安，将她一顿臭骂之后才把聊天记录给她看，她本来还挺内疚的，结果看完之后快笑死了。

“哈哈哈，有生之年终于能看到有个人噎我哥了，干得漂亮啊，我的朋友。”

嗯？我……真是有点心疼她哥。

“我怎么不知道你有个哥哥啊？”

“一个表哥，平时很少见面的，今天是因为我们聚餐，走的时候他就顺便送我了，我手机放他车上充电，就忘记拿了。”

回学校的路上我给安安她哥回了信息，说已经接到她了，在回学校的路上。

他回了一句：好，注意安全。

安安抢过手机输入了一句话发过去，我看了一眼，差点要炸。

她回复的是：我们会做好安全措施的，放心。

“安安！”

她一边笑一边迅速删除，不给我撤回的机会，然后把手机丢给我。

那边她哥哥秒回：祝你们玩得开心。

在学校过了一个星期，安安都还没收到手机，没有手机，她整个人像是处于生理期一样，分分钟都要爆炸，每隔一小时就要我给她哥发信息，问她手机到哪了。

她哥还蛮有耐心，每次都会回复我：这边显示已经到你们学校了，可能快递员还没配送吧。

对，我们那两天都在复制粘贴地发短信。

我：安安哥哥，你好，安安问，手机到哪了？

安安哥哥：这边显示已经到你们学校了，可能快递员还没配送吧。

Again and again。

最后是我先认输，和他说：一般当天都会配送的，这都好几天了。

安安哥哥：那好，我打电话去问问。

“你哥脾气真好。”要是我妹手机掉家里了，我才不会给她寄。

安安不以为然，“好什么，寄个手机都能寄那么多天，没用！”

没一会儿他就回复了，说快递公司那边说收货人的电话没人接，所以没有送货。

我愣了一下，半晌才小心翼翼地问：你是不是，填的安安的电话号码？

他回了一串省略号。

看来是真的。

他填的安安的号码，安安的手机在快递盒子里，当然没人接。

我忍不住问安安：“安安，那啥，你哥多少岁？”

“大我三岁。”

也太蠢萌了吧！

他很快修改了联系方式，半小时后快递员就来电话喊我去领快递了。

我在陪安安去领快递的途中收到他的短信，让我别告诉安安。

我简直要笑死了，直接回他：封口费呢？

他耿直地发了一个红包过来，里面有88元。

我吓了一跳，说：这么大的吗？

他回了一句语音：“不算大，是封口费加这几天的话费。”

我悄咪咪地将那条语音来回听了三遍，然后跟安安说：“我有没有和你说过，你哥哥的声音很好听？”

“没有啊。你耳朵有问题吧？”安安漫不经心地说，“我跟你讲，声音好听的人都丑！”

我：“但是他朋友圈里那张撸猫的照片，手掌和手腕都很好看啊。”

“手好看的人也丑。”

我无话可说。

虽然安安说“声音好听的人都丑”以及“手好看的人也丑”，但是架不住声控和手控的我，还是天天在和她哥哥聊天。

然后越聊越上瘾，几乎已经到每天晚上都要听到他跟我说“晚安”，我才能睡觉的程度了。

这种状态舒服又危险。

11月，我和安安最喜欢的乐队去C市开演唱会。

我们没抢到票，只能找黄牛买票，眼看着票价一天一百地升，刚要给人转账，安安就激动地按住了我的手。

安安：“不用转账了，我哥给我们拿到票了。”

我丢开手机，“妈呀，我爱你哥！”

“哈哈哈，嫂子好。”

“嘻嘻。”

演唱会那天，我和安安下午回了C市，安安再次向我充分展示了有哥哥的好处：“叫不到车，我让我哥过来接我们了。”

我眼睛都瞪圆了：“这么帅的吗？”

“嗯，要是他不迟到，我们还能吃个饭再过去。”

我们两人刚刚下车，安安就拼命地一边给她哥打电话，一边抱怨：“不接电话，这个人肯定又要迟到了。”

我拉着她往外走，一眼就看到人群外围一个穿黑色毛衣的男人正往这边瞧，因为个子高挑，又格外白，所以很显眼，我忍不住多看了两眼，接着就和他对视上了。

偷看帅哥被发现这种事情我遇到得多了，所以也没慌，还大大方方地冲他眨了下眼，对方微微一怔，然后笑了。

这么一笑，简直如春风扑面啊。

我当即感觉自己被电了一下，连忙用胳膊肘捅了捅安安：“安安快看，有帅哥。”

“哪哪哪？”安安跟着我的视线看过去，然后翻了个白眼，“那是我哥。”

“黑毛衣那个？”

“对。”

我捂脸：“这就尴尬了，我刚刚，冲你哥放电来着。”

安安瞬间爆笑，直到走到她哥面前，都没停下来。

我超尴尬，走过去的时候都不敢看人家，恨不得钻进旁边的出租车走掉。

“哇！你今天怎么那么快？”

“翘班过来的，你不是说迟到一分钟扣我100块的吗？”

“你在乎过这几百块钱？”安安说，“我看你是因为有美女在，所以才急吼吼地赶来的吧？”

男人低笑。

然后，安安跟我介绍：“这是我那个狗子哥，周屿。”

我不得不抬头，和他对视，“你好。”

他仍然笑着，眼睛弯弯的，“舒晴你好。”

我脸红了。

安安“哇哦”了一声，不怀好意地说：“记人家名字记得这么清楚干吗？”

周屿拍了一下安安的脑袋：“想吃什么？和风？我订了位置。”

安安蹦了一下，“哇，你怎么知道我想吃这个了？”

和风是一家日本料理，东西很精致，很好吃，就是没吃饱，虽然周屿点了很多，但是我真的没有吃饱。

走的时候，周屿问我有没有吃饱，我很矜持地说，“吃好了。”

周屿感慨说：“周安安，看看人家看看你，一整碗鳗鱼饭都是你吃的。”

安安“呵呵”一声：“她那是不好意思吃。”

“那你能不能也不好意思一下呢？”

“你滚。”

“不好意思”的结果就是演唱会结束的时候我饿得头昏眼花，看到路边有卖烤肠的都走不动道了。

我买了一根香肠拿在手上啃，安安笑我：“怎么吃根香肠都吃得这么诱惑人？”说着拿出手机给我录视频。

我吃到一半就被口水噎住了。

因为我看到周屿站在不远处，一脸复杂地看着我们，也不知道他看了多久。

回去的路上我都没敢再说话，安安倒是兴奋得不行，恰好电台在回放刚刚演唱会的歌曲，安安就跟着唱，而且唱得非常嘹亮，周屿不堪其扰：“周安安，你能不能安静点？吵得我看不见路了。”

安安唱得更大声了。

周屿叹气：“舒晴，你是怎么和她玩到一起的？”

“怎么玩到一起的？”安安笑了，“你怕是忘了，当初是谁说要让你妹妹知道厉害了。”

整个车厢瞬时又安静了下来，只有安安在旁若无人地唱歌。

到市区的时候，我提出要在附近下车，被安安皱着眉头否决了：“住什么酒店，住我哥家就好了。”

“啊？”我有些不好意思，“不方便吧……”

“不方便什么，周屿，你家没女人吧？”

周屿笑了一下，“没有，你们过去住吧，我一会还要回公司加班。”

我给安安发微信：你哥哥好暖，好绅士，还特意回公司把房子留给我们住。

安安秒回：暖个头，他就是加班狗一枚，一个星期就在家住两三天。

我无话可说。

住男生家其实不太好，但这个男生是我一见钟情的人，又是我闺密的哥哥，所以我就觍着脸住下了。

周屿的房子在市区黄金地段，路上堵了一会儿才到。

到楼下之后，周屿没有下车，让安安直接带我上去：“东西随便用，冰箱里有吃的，不过你们得自己煮，不想煮就叫外卖，我先回公司了。”

我恋恋不舍地看了他一眼，“麻烦周屿哥了。”

他一下子就笑了，“不麻烦不麻烦，这声哥叫得真好听，周安安不知道多久没有叫过我哥了。”

周屿出门之后，安安说肚子饿，我们看了一圈手机上的外卖都没找到想吃的，最后我下楼去便利店买泡面。

便利店就在小区门口，我刚走出去，就看到了周屿的车。

他站在车外打电话，指尖夹着一根烟，头微微垂着，我举起手机偷拍了一张，他有所察觉，抬头看到我，就笑了一下。

我连忙又来了个十连拍，果然帅的人看到镜头都不会躲的。

他挂了电话，掐了烟走过来。

“怎么下来了？”

“下来买点吃的。”

“家里不是都有？你要买泡面吗？”

“家里那些，我们都不会煮。”

他哑然失笑：“行吧，上车，我带你去吃好吃的牛肉面。”

我眼睛都亮了：“真的吗？你不是说要去公司加班？”

“没什么急事，晚一点再回去也行。”

我更加确定了，他只是为了给我们腾位置才出门的。

周屿开了十分钟的车，把我带到了一个小学门口，斜对面有一间小面馆还在营业，都这个点了，店里人还不少。

周屿去取面的时候，我给安安发了微信，说自己在楼下碰到了她哥，现在在外面吃面，安安高兴得不行。

“给我打包一份啊，加鸡蛋牛肉，谢谢！”

我给她发了一个“OK”。

安安回了一句语音：“哇，我哥真的鸡贼，在楼下守株待兔呢。”

我听这条语音的时候是外放，周屿恰好回来了，从头到尾听到了。我假装没听懂安安在说什么，锁了屏就把手机揣兜里了。

面是手擀面，牛肉粒大味美，好吃得我都咬到舌头了。

“慢点。”周屿给我拿了一瓶矿泉水，“咬到了？”

我苦不堪言地点点头。

“我看看。”

我尚未反应过来，他就伸手捏住了我的下巴，我下意识地张了嘴。

“出血了。”

我脸红了：“没事，不是很疼，面太好吃了。”

“这附近有蛮多好吃的，以后再带你来吃。”

他这是在跟我约“以后”？

我美滋滋地点头：“嗯！”

吃完面之后，他送我回去，直到上楼开了门才走。安安就坐在餐桌边等我，闻到面的香味，眼睛都直了。

我帮她把面装好端给她，她一边吃，一边碎碎念地跟我吐槽她哥这个房子的性冷淡装修风格，我给她倒了一杯水，鼓起勇气，说：“安安，我想做你嫂子，可以吗？”

安安一口面喷出来。

“你认真的？”

“我喜欢上他了。”

“我哥不是你喜欢的款啊。”

“但是我见到他第一眼就被击中了。”我小心翼翼地看着她，“你会介意吗？”

安安把杯子重重地往桌上一搁，“当然不介意！”

“妈呀，吓我一跳。”

“你们在一起了，我跟你就亲上加亲了，肥水不流外人田，宝贝，上！”安安说。

“那你觉得他会喜欢我这样的吗？”我又开始担心。

“你今天这样，他应该蛮喜欢的。”安安认真地说，“但是你之前说要让我知道厉害，然后刚刚吃香肠又特别猥琐，他可能会有点受不了。”

我爆哭。

我有认床的毛病，晚上没怎么睡好，早上又早早醒了，下楼喝水的时候，正好碰上从公司回来的周屿。

两个人冷不丁地打了个照面，我莫名觉得有些尴尬。

“早。”他先和我打招呼，笑得很温和，“起这么早？”

“周屿哥早，我下来喝水。”

“吃早餐吗？我从楼下打包了馄饨。”

难怪那么香。

我上楼去叫安安，她睡得像死猪一样，怎么摇都摇不醒，我只能自己回到餐厅：“她没醒。”

“没醒很正常。”周屿说，“我们先吃，不用管她。”

馄饨很好吃，可能是因为这是我喜欢的男人买的，我吃了个精光，他又给我泡了牛奶。当我沉浸在这个美好的早晨时，安安下楼了，开口的第一句话就是：“周屿，舒晴说要做我嫂子。”

我剧烈地咳嗽了起来，牛奶都喷出来了。

周屿一边莫名其妙地看着安安，一边给我递纸：“什么玩意？”

“她，”安安指了指我，在我旁边坐下，“说喜欢你，想做你老婆。”

我想捂她嘴巴都来不及，真恨不得钻到餐桌下面去了。

周屿明显也蒙了一下，没有接话。

“这是什么？馄饨？怎么黄黄的？”

“因为你起来迟了，所以泡发了。”周屿自然地接话，“你们几点的车？我一会儿送你们过去。”

“你就算了吧，加了一晚上班，赶紧睡觉去，我和舒晴打车过去就好了。”

那个话题就这样被盖过去了，仿佛安安从来没有说过。但是我仍然心虚得要死，直到周屿上楼，都没敢看他。

中午我和安安出门的时候，周屿起来了，非要送我们，安安不想麻烦他，一直说要自己走，但周屿来了一句：“我不是送你，我送我媳妇。”

我还没反应过来，安安就笑了：“你要脸吗？你要脸吗？”

最后是周屿送我们去的车站。

回学校之后，我就患了相思病，我跟安安说：“我把心落在周屿那儿了。”安安翻白眼，说：“再这么文绉绉地说话，打你了。”

我只好说：“我想他，想亲他，想扑倒他。”

安安微笑：“漂亮！”

随后我便看到她手上的手机屏幕显示微信正在讲话。

我惊呆了，“你干吗？？？”

“帮你传达心意。”

我扑过去看，这家伙果然录下来发给周屿了。

我哭了：“完了完了，我失恋了。”

“不要慌，问题不大。”安安说，“他回复了。”

“回了啥？”

周屿回了一个字：来。

我瞬间有点呼吸困难。

“绝对有戏！”安安的眼睛都发亮了，“他不是那种会撩女孩子的人。”

“救命！”

安安还在编辑文字，与周屿的聊天界面上又跳出一条回复：下周去你们那出差。

“绝对不是出差。”安安又超激动地说，“就是想过来过圣诞节，过来见你的。”

“讨厌啦。”我一脸娇羞。

安安扑过来掐我：“我忍你很久了！给我正常点！”

圣诞节几乎隔了一千年才到。

周屿开车来学校接我们，他穿着一件灰色大衣，站在车旁边抽烟。

下一秒就有个环卫阿姨走过去说："不要在这里抽烟。"

安安爆笑："让你装。"

周屿保持微笑："这里怎么就不能抽烟了？"

"阿姨是怕你一会儿乱丢烟头。"

我们一起去市区吃了饭，出来的时候遇到路边有大叔在卖花和气球，他买了一枝花、一个气球。

安安不怀好意地问："为什么我是气球，舒晴是花？"

周屿"哦"了一声，从她手中拿回气球，一并给了我："舒晴妹妹，圣诞快乐。"

"哇，这是强行塞狗粮了？"安安说，"我是不是需要自行回校？"

周屿："不用，我给钱，你打车回去。"

安安愤怒："过分了！"

我以为周屿是开玩笑的，没想到他真的拿出100块钱给安安："乖，给点空间给你哥和你嫂子。"

安安嘿嘿一笑，说了一声"祝哥哥嫂嫂百年好合"，接过钱转身就走了。

我站在原地脸通红，眼睛只敢看他的脚尖，直到他伸手揉了揉我的脑袋："去看电影？"

"啊，都行……"

走了两步，我又患得患失地停下，问他："所以，我们在一起了？"

"嗯？"他愣了一下，然后像是突然想起什么来，牵住了我的手，"可以吗？"

"可以，那，那你喜欢我吗？"

"喜欢你吃香肠的样子。"

"很性感？"

"像小猪，看着让人食欲大增。"

……

虚拟男友

潘柠25岁生日这天，闺密送了一份大礼给她。

闺密：生日快乐，小宝贝，很抱歉，我人在外地出差，不能陪你过生日啦，不过我送了一份大礼给你哦。

潘柠：谢谢，什么礼物？又是包包吗？

闺密：不是哦，每年都送这个，太没有创意了。

潘柠：不不不，包包挺好的，你别给我整有的没的就好。

闺密：什么叫有的没的？

潘柠：前年我生日，你拉我去酒吧，给我找了十个男的轮流……

闺密：轮流相亲，你好好说话，不知道的人还以为我怎么你了。

潘柠：嘻嘻。

闺密：反正今年的礼物，你肯定会喜欢的。

潘柠：到底是什么？

闺密可能在忙，一时没有回复她，潘柠就先去上班了。在地铁上的时候，闺密突然给她发了一个软件的下载链接，潘柠莫名其妙，下载之后发现是一款和微信差不多的软件，好友列表里仅有一人。

她还在研究这是什么东西时，闺密的信息就跳出来了。

闺密：软件下了吗？我给你找了一个男朋友，看到了吧？

潘柠：啊？

闺密：我在淘宝网上订购的人工智能“虚拟男友”，完全是按照你的喜好挑的，因为你的喜好比较特别，所以这一款的价格都比别人的贵，我买了24小时，你好好享用哦。

潘柠：你疯了吧？花钱买这个？

闺密：你不是手机控、低头族的宅女吗？给你介绍个真人，人家约你，你也不见得乐意出去嘛，何况你今天还上班呢！这个难道不是非常贴心的礼物？

潘柠：……可以退吗？

闺密：不可以哦，小可爱。

闺密给自己订制了一个男朋友，想想还真的是，又羞耻又刺激。

潘柠还是挺好奇闺密对她喜好的定位。

谁知那边“男朋友”却迟迟没有说话。

潘柠等了一会儿，她都下地铁进了公司，那边还没开始说话。

按捺不住好奇心的潘柠率先发了信息过去。

她发了个问号。

对方也回了一个问号。

她开玩笑地发了一句话过去：是我的男朋友吗？

对方回复：是。

潘柠当即就乐了。这个人设非常好，她就喜欢这种高冷款。

潘柠又问：怎么称呼？

对方隔了一会儿才回答：叫“老公”就好。

潘柠又笑了好一会儿。

因为沉迷于与“男朋友”聊天，即便在上班，她也一直盯着手机，悄悄回信息。

虽然对方是高冷人设，答话也是漫不经心的。但是大概是因为这是花钱买来的订制人设，所以在潘柠看来，对方性格特别讨喜，她就是喜欢和这种类型的人聊天。

而且她本身是话痨，根本不担心冷场。

临近下班的时候，潘柠告诉他今天是自己的生日，对方显然愣了一下，隔了一会儿才跟她说“生日快乐”。

潘柠：就一句“生日快乐”吗？

他问：那你想要什么生日礼物？

潘柠：想要听你说话。

那边毫不犹豫地发来了一段语音，虽然只有一秒钟，只有“生日快乐”四个字，虽然知道声音都可能是人工智能精心设计出来的，但是潘柠还是听得骨头都酥了。

潘柠：你声音好好听哦，能不能多说几句啊？

对方干脆利落地回了一个字：不。

真是高冷至极。

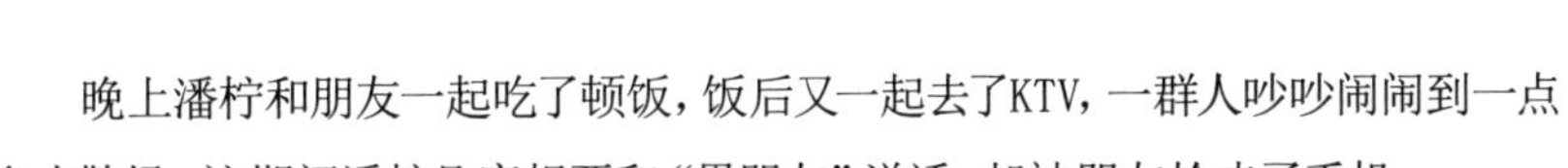

晚上潘柠和朋友一起吃了顿饭，饭后又一起去了KTV，一群人吵吵闹闹到一点多才散场。这期间潘柠几度想要和“男朋友”说话，却被朋友抢走了手机。

等她回到家打开软件，才看到几条未读信息。

“男朋友”：？

“男朋友”：人呢？

“男朋友”：再不出来就举报了。

又傲娇又可爱。

她立刻回复哄他：我刚刚在和朋友吃饭啦。

“男朋友”：……

潘柠又问：别生气啊。

“男朋友”：生气。

潘柠又被逗笑了。

两人聊了半小时。说是聊，其实一直是潘柠在主动找话题，那边只负责发几个音节。潘柠不得不感慨，她怕是最好对付的买家了，一天下来要说的话都不需要超过一千个字。

最后，对方说要休息了，潘柠才结束了聊天。

放下手机之后，潘柠才反应过来，咦？她不是顾客吗？顾客不是上帝吗？她付了钱的，为什么他说要休息就休息啦？

第二天不用上班，潘柠睡了个懒觉，起来的时候已经九点钟了。

打开手机有几条未读信息。

“男朋友”：？

“男朋友”：还没上班吗？

“男朋友”：我们只有两个小时了。

“男朋友”：现在只剩一个小时了。

潘柠莫名其妙：什么一个小时？

“男朋友”：服务时间，只剩下……45分钟了。

她才想起来，闺密只给她买了24个小时的时间。

潘柠：这有什么？咱续时呗。

“男朋友”：不能续。

潘柠：为什么？

“男朋友”：这个服务是单向的，一旦下了订单就不能修改，不能续时，虚拟的毕竟是虚拟的，这是防沉迷系统。

潘柠失笑，说得还挺有道理的。

她看了一下时间，就剩30分钟了，一下子却不知道要说什么好了。

好在她的“男朋友”发来了一句话：我，挺喜欢你的。

潘柠也笑着回复：我也挺喜欢你的。

毕竟是她闺密亲自替她选的人设。

说完之后对方也没有再回复，她不知道要说什么，过了五分钟之后，才又问他：你还在吗？

对方很快回复：在。

潘柠：在干吗？

“男朋友”：对着聊天对话框发呆。

潘柠笑了：我也是哎。

他发了一个憨笑的表情过来，不知道为什么，潘柠觉得他是真的笑了。

服务时间终止之后，潘柠尝试着再发信息过去，但发出去的文字消息条已经带上了红色感叹号。

潘柠怅然若失。

怅然若失了半个月后，忽然又收到她闺密发来的一条新闻链接。

闺密：我之前给你买的那个“男朋友”，是个骗局！

潘柠心头一紧，连忙点进链接，发现原来那个高级订制人工智能“虚拟爱人”是个彻头彻尾的骗局。开发商只做出一个简陋的手机客户端，再予以推广，随后有相当多的客户购买了，然后开发商再根据这些客户的需求做配对，双方的性格和需求一致的话，就将他们推给彼此。用户双方都以为对方是人工智能，实际上开发商只是做了个中间人，就赚取了天价利润。

真的是艺高人胆大。

潘柠：天哪！意思是我那时候的“男朋友”是真实存在的？他也是购买人工智能的用户，然后把我当成人工智能了？

闺密：他们还有实时监控的，就是你们的每一条信息都会经过筛选，有可能暴露真相的信息，他们不会让它发出去。

潘柠完全没听进去闺密在说什么，整个人高兴得不行：我的天哪！真的存在这么合我心意的男人？

闺密泼她冷水：据了解，购买该服务的男性，多为死肥宅，你理想中的完美男朋友，可能是个油腻的抠脚大汉。

潘柠一时无言以对。

她关注了相关的新闻和信息，新闻爆出来的时候，许多被欺骗的用户都在留言区骂，要求退款，也有部分人在下面寻找自己当初“购买”的另一半。接着牵线搭桥的微博应运而生，每天都有很多用户在各个社交平台上晒聊天记录找对象。

两个星期之后，奔现反馈的微博也应运而生，有成功牵手的，也有见面就跑的，当然大部分还是惨不忍睹的，毕竟长得好看的人，现实生活中都会有对象。

各种吐槽看得潘柠一边觉得好笑，一边萌生了退缩之意。

就在她犹豫当头，一个粉丝很多的博主发布了一条搭桥微博，是一位粉丝的私信截图，那条私信是这样说的：我在这个软件上遇到了很喜欢的人，这个骗局曝光了半个月，我几乎每天都会留意搭桥微博的评论，但是始终看不到我眼熟的聊天记录。我喜欢的那个人，根本就没有在找我。还有什么比这更让人伤心的吗？

博主问他：你为什么不先尝试着找她？

那人回复：可能她也怕看到我之后会失望，既然如此，我还不如保留我在她心中最完美的印象。

这条微博引起了轩然大波，说出了很多人的心声，而且因为他的措辞里说的是“她”，可见投稿人是个男生，越发让人觉得痴情。

看到这条微博的潘柠，当即就在这条微博下放出了自己的聊天截图，并写下：找男朋友！

她没指望对方会立刻看到，但是那么多平台、那么多博主，她一个一个贴，不信他会看不到。

结果她刚刚换了条微博评论，那个博主就来私信她了，还发了一堆感叹号：原来你就是女主角！！！！

潘柠：啊？

博主：刚刚我发的那个微博，私信我说不敢找喜欢的人的男生，就是你的“男朋友”。

潘柠惊呆了。

博主发了聊天截图给她看，果然，那段私信下面还有博主向他要截图的记录，以便日后女主角出现时能最快得知。

谁知道他给了博主截图不到两分钟，她就评论并上传了截图。而且恰好两人截图的地方一模一样，都是“我，挺喜欢你的”那个部分。

博主二话不说，就把对方的联系方式给潘柠了。

潘柠没有完全回过神来，博主又说：嘻嘻，我刚刚去男主角微博遛了一圈，长得很好看哦，还好你没有错过。

潘柠一颗心怦怦直跳。

她退出微博，隔了大概半小时，才反应过来，给那个人打电话。

那边很快就接了，潘柠太紧张了，一句话都说不出来。那边也是一阵静默，而后才是一声轻问：“女朋友？”

“啊？”潘柠傻乎乎地应了，“是我，是你吗？”

那边似乎轻笑了一声，“生日快乐。”

是了，这让她魂牵梦萦的四个字，完全对得上音轨。

“对不起，我现在才找你。”

他的声音很温柔，似乎怕吓到她：“没关系，我也是现在才鼓起勇气投稿的。”

“我就是看到你的投稿，才决心找你的。”

他又在那边笑了一声，问：“你在哪个城市？我想来找你。”

顿了顿，对方怕她拒绝，又连忙说：“我不丑的。”

潘柠“扑哧”一声笑了，“你不怕我丑吗？”

“我喜欢就行。”

潘柠被他这句话惹得满脸通红，报了自己所在地之后，他说离他不远，两个小时就能到。

“你加一下我微信吧？”潘柠说，“就是我的手机号码。”

“我不敢加。”

“为什么？”潘柠奇怪道。

男生的语气中有些幽怨：“我对那个红色感叹号有阴影了。”

潘柠想起他们服务时间截止时，那个消息不能发出的红色感叹号，有些好笑，“那时候也没觉得你有多喜欢我啊。”

“喜欢，只是那时候觉得你是人工智能，所以克制了，后来知道是真人，感觉就排山倒海地来了。”

这个人说起情话，人设都崩坏了。

“你现在在哪？”他问。

“啊？我在家啊，还没起床。”

“那你，起来先吃个早餐，我大概两个半小时后到，一起吃午饭怎么样？”

潘柠噌的从床上坐起来：“你说什么？”

“我现在已经上车了，得知你有了我的电话之后，我就直接到车站了。”他说，“我在市中心等你。女朋友，不要再让我久等了。”

游戏里的“小老公”

姚佳年：小老公！打游戏吗？

小老公：？

小老公：你叫谁呢？

姚佳年：叫你啊，呆子。

小老公：我怎么不知道我有个小老婆？

姚佳年：来玩游戏啦。

小老公：不是，等等，玩什么游戏？你怎么有我微信？

姚佳年：《王者荣耀》啊，不是你加的我吗？失忆啦？

小老公：“我们”是在游戏里认识的？

姚佳年：啊。

小老公：我就问你，“我们”认识多久了？

姚佳年：两个星期啊。

小老公：两个星期你就叫我“小老公”了？

姚佳年：找碴呢？

小老公：不是，妹子，我跟你解释一下，我不是你小老公，之前可能是有人用我的手机玩游戏，然后用我的微信加了你。

姚佳年：那我小老公呢？

小老公：你小老公现在在写作业，要不要我帮你叫他过来？

姚佳年顿时无语。

小老公：我是他哥哥，弟妹，你和他是同学？

姚佳年：哥哥，弱弱地问一句，我小老公，多大了？

小老公：虚岁10岁。

小老公：难道你不是他同学？这臭小子还网恋呢。

姚佳年的内心是崩溃的，她被一个小屁孩叫了两个星期的“老婆”，差一点就真的坠入情网了。

姚佳年：我没和他网恋，是他游戏ID就叫“小老公”。

小老公：厉害了……而且你加我两个星期了，我居然都没发现。

姚佳年：我之前没有主动和他说过话，因为通常上线的时候他都在线，不需要通过微信叫他。今天是上线难得没有看到他，才上微信叫他的。

小老公：暑假要结束了，他最近在赶暑假作业。小妹妹，你不用写作业吗？

姚佳年：不用。

小老公：啧，同样是小学生，看看我弟，看看你，我想拍死他。

姚佳年：别打脑袋，我还指望他带我上王者呢。

小老公：哈哈哈。

姚佳年上了游戏，打算自己玩一局，结果发现“小老公”也在线，便邀请了他。

姚佳年：不是在写作业吗？

小老公：是在写作业啊，我是你哥，不是你老公。

姚佳年无话可说。

小老公：来一局？

姚佳年：行不行的？我晋级赛。

小老公：可以的。

一局结束之后。

姚佳年：你不是个傻子吧？你一个辅助在野区瞎晃悠什么？野区有灵芝吗？

小老公：我看你打那个怪物很费劲，就想帮你啊。

姚佳年：帮你个头！你是没玩过这个游戏吗？！

小老公：没玩过啊。

小老公：对不起啊，再来一局，我给你赢回来。

姚佳年：不了不了，我怕了你了。

之后姚佳年没有再找过他，两个礼拜之后，她还卡在钻石段位，“小老公”却已经星耀了，她在游戏里给他留言，指责他偷偷上分不带上她的行径，结果就收到了微信信息。

小老公：哈哈，你不是不和我玩吗？

姚佳年：啊？

小老公：我是哥哥。

姚佳年：是你帮他打上星耀的？

小老公：是啊，他上礼拜就开学了，咱妈不让我把手机给他玩了。

姚佳年：厉害了。

小老公：叫哥哥，我带你。

姚佳年：哥哥……哥哥！

小老公：这么乖？真的是一点立场都没有啊。

姚佳年：为了星星，在所不惜。

他确实比第一次打要厉害得多了，看来这世界上果然是有天赋这种东西的，两兄弟游戏都打得这么好。

之后姚佳年几乎天天和“小老公”的哥哥打游戏，一天不来两局就浑身不舒服。

姚佳年：哥哥！来排位吗？

小老公：来。

姚佳年：排位吗？我萝莉音。

小老公：噗哈哈哈，上线。

小老公：排位？

姚佳年：来，我晋级赛。

姚佳年：哇！五杀！厉害了！

小老公：嘘，不要当面夸我。

姚佳年：再来一局。

姚佳年进了游戏，拉了他，等待游戏开始的时候，她不小心点开了"附近的人"列表，发现小老公的ID赫然在目。也就是说，小老公是她附近的人。

姚佳年：哇，你也是N市的人？

小老公：是啊，怎么了？

姚佳年：我也是！我刚刚在"附近的人"里面看到你了。

小老公：哟，真的是，没准还是同一片区的。

姚佳年：好巧。

小老公：你家离兴茂商场近吗？

姚佳年：近的！

小老公：那哥哥有机会请你吃冰激凌。

姚佳年：那我要吃哈根达斯。

小老公：好啊，顺便让你见见你的小老公。

姚佳年：哈哈哈。

姚佳年以为他是开玩笑的，没想到周末他真的约她了。

小老公：我弟看到了我们的聊天记录，说我挖墙脚，我很无奈，我还能跟他抢女朋友？

姚佳年：哈哈哈哈。

小老公：他说请吃冰激凌也应该是他请，所以，你今天晚上有空吗？

姚佳年：这么突然吗？我有点紧张。

小老公：紧张什么……别怕，我不是怪叔叔。

因为是在家附近，而且是去见两个小朋友，姚佳年没有化妆就出门了。

姚佳年：我快到了。

小老公：嗯，我们在KFC（肯德基）里面，二楼靠窗角落，你小老公没吃饱饭，非要来吃KFC。

姚佳年：嗯，我穿T恤、牛仔裤。

小老公：我和你小老公都是大排档风格。

姚佳年一上去，就看到了大排档风格的兄弟俩，弟弟吃鸡翅吃得满嘴油，哥哥咬着可乐吸管盯着手机，看起来比她想象中要大一点……年龄应该和她差不多。

小老公：上来了吗？

宋诤发完这句话就回头看了一眼，和站在楼梯口的姚佳年对视了，姚佳年冲他笑了一下，对方微微一怔，然后迅速低头。

小老公：站楼梯上的不会是你吧？

姚佳年：是……的……

姚佳年走过去，有些尴尬地说了一声“哈喽”，宋诤很震惊，脱口而出：“你不是小学生啊？”

姚佳年：“啊，是啊，我也以为你是初中生来着。”

弟弟：“姐姐好，我叫宋磬，你吃薯条吗？”

姚佳年：“你好啊，我不吃薯条。”

宋诤：“你好，我叫宋诤。”

姚佳年：“你好，我叫姚佳年。”

宋诤：“啧，我弟也太厉害了，能交到这么漂亮的女朋友。”

姚佳年：“噗哈哈哈哈，嘴甜。”

宋诤：“走，吃冰激凌去。”

宋磬：“我要吃那个柚子冰激凌！”

宋诤：“你吃得下吗？”

宋磬：“我和姐姐一起吃。”

宋诤：“……行行行。”

姚佳年：“有哥哥真好。”

宋磬：“他才不好，他是做了亏心事才对我好的。”

宋诤：“我做什么亏心事了？”

宋磬：“别以为我不知道，你想撬我墙角，你就是看我女朋友漂亮，才这么大方的。”

宋诤：“呵呵，还真当人家是你女朋友了？人家什么时候说过你是他男朋友了？”

宋磬：“她叫过我‘小老公’。”

宋诤：“她也叫过我‘小老公’，叫得还比你多，而且我带她上王者了，你呢？”

宋磬：“……王八蛋！”

姚佳年：“我求求你们把游戏账号改一下，好吧？”

宋诤：“不要，‘小老公’挺好的，为什么要改？”

姚佳年被噎在当场。

宋诤：小妹妹，排位吗？一声“小老公”一颗星星哦，稳赚不亏的。

姚佳年：小老公！小老公！小老公！

那个主播怪可爱

UU临睡前登了一下自己的微博小号，看到闺密在一条微博评论里@了她：你快来看，哈哈哈哈哈……博主好惨哦！

那个博主的ID叫“分手为何猫带走”，微博说的是他被甩了，前任还把他的猫带走了。然而猫带走了，几箱猫粮却没带走，他打算送给粉丝。

UU回复闺密：哈哈哈哈啊哈哈哈哈哈哈，笑出猪屁声。

结果第二天她上线又收到了闺密@的消息：宝贝你中奖了！！

原来，昨天她们评论的那条微博，博主抽奖抽中了她，还特意@她说：恭喜这位笑出猪屁的朋友中奖。

博主私信问她要地址，她没有看到，晚上闺密给她发语音说：“人家问你要地址，你咋不回复？他找我了，我把地址给他啦，那么多猫粮，够你家猫吃到过冬了。你到时候收到了，记得拍几张好看的照片，发微博答谢人家。”

UU：我家还有很多猫粮啊……

闺密：这不同，这是路均丞家的猫粮。

UU：咋了，我的猫吃了他家猫粮还能成仙吗？

闺密：对！吃了他家猫粮，你的猫会变成小帅哥和你搞对象！

UU：我家猫已经做绝育了。

因为是同城，第二天UU就收到了猫粮。

结果，她家的猫中午吃了猫粮，下午就上吐下泻，被她紧急送往医院了。

折腾了一晚上，她回到家才发现猫粮是过期的。

UU很恼火，当即就私信了那个博主，把她家猫上吐下泻的视频、在医院接受治疗的照片和医院收据发了过去。

因为网络有点差，结果只有一张她拿着收据的照片先发了过去，博主倒是秒回了。

分手为何猫带走：啥？

分手为何猫带走：你的拖鞋和我前女友一模一样。

UU：你给我寄的猫粮是过期的，我家猫吃了你的猫粮上吐下泻，差点没命了。

随后她的视频才发送成功，但是博主已经没有回应了。

“他现在就是在装死！”UU气得不行，给闺密打电话说，“故意把过期的送人。”

闺密：“你喂之前怎么不看一下日期？”

UU更气了：“你还帮他说话是不是？”

闺密：“我不是，我没有，我帮你去问一下。”过了很久，UU从垃圾桶里的快递单上看到了寄件人的电话号码，立刻就播了过去。

她打第一遍的时候并没有人接，打第二遍的时候，那边才匆匆忙忙接通，她还没来得及开口，一道不耐烦的声音就先传了过来：“谁？现在不方便接电话。”那边充斥着游戏背景音“First blood”“Double kill”。呵呵，还真是挺忙的。

UU非常恼火，她现在也不想要什么补偿了，就是单纯地想骂他一通：“打游戏，你不方便什么？私信你也不回，装死真的装得有模有样啊。”

那边：“啊？”

“黑心博主！拿过期的猫粮抽奖，还有没有人性了？难怪你会被甩！肯定是因为你女朋友看清了你的真面目！我恭喜她脱离苦海！”

UU说完撂了电话。

她这边刚挂了电话，她闺密的电话就急吼吼地打了过来：“宝贝，你在干吗啊？”

UU骂完人大快人心：“我去把他骂了一通。”

“路均丞刚刚在直播啊！整个直播间的人都听到你在骂他了！”

UU：“我以为他只是在打游戏。”

闺密：“他就是直播打游戏啊！他是电竞主播啊。”

“抱歉，我不知道。”

闺密真的蛮喜欢这个主播的，所以有点生UU的气了：“路均丞绝对不是你说的那种人，他可能只是没注意到过期了。”

“行吧。”UU也有点生气了，不养猫的人永远不会懂他们这种心疼。

她用小号发了一条微博骂他，说：撸菌蛏（谐音“路均丞”）这个贱婢主播，大便渣！抽过期猫粮给粉丝，一生黑！活该被甩！！！希望他螺旋单身一辈子！

第二天上微博的时候，UU看到那个主播回复了她的私信。

分手为何猫带走：抱歉！刚刚急着去直播，没有看到你的私信。猫粮是我女朋友买的，我没注意到过期了，真的很抱歉，你给我个银行账号，我把医药费打给你。

分手为何猫带走：前女友。

分手为何猫带走：真的对不起。

他还在UU骂他的那条微博下面又郑重地说了对不起。

他的道歉太诚恳了，弄得UU心里特别过意不去。事情过去了一晚上，她也知道这事自己也有原因，还跑到人家直播间骂人，虽然她并不知道当时在直播，但确实有点过分了。

UU没有收路均丞的赔偿，还跟他道歉了，说自己不知道他在直播。对方很爽快地原谅了她，说不碍事，还说得亏她，昨晚他直播间的人气一直很高。

当天中午，UU上了热搜。

因为她骂路均丞，路均丞的粉丝翻到了那条抽奖微博，又从她小号的蛛丝马迹里翻到大号，然后炸了锅。

“骂路哥的女人就是那个美妆博主UU，小号里的图很多都能和大号对得上，系列证据看图。”

“骂我们路哥的女人居然是那个恶臭网红？”

“她不是挺有钱的嘛，路哥送两包猫粮她也要，她的猫本来体质就不好，生病了来怪我们路哥的猫粮，无语。”

“我‘阴谋论’一下，这个女人是不是想火啊，所以来‘碰瓷’我们路哥。”

路均丞的很多粉丝都跑到她微博底下骂人，还有一些粉丝诅咒她的猫。

她骂路均丞的那条微博忘记删了，被他的粉丝追着骂了几千条。

UU向来忍不了这些，当即就撕了回去，还发了微博说：抽奖是随机抽的，我“碰瓷”什么？猫粮过期是有证据的好不好？这件事我和送猫粮的博主已经私下解决了，你们还在这跳什么？诅咒我猫的，都反弹！

路均丞这次倒是反应很快，不到半小时就发了微博解释说明，说这件事是他不对，已经和对方解决了，希望粉丝们不要攻击UU。

并置顶了。还给她发了私信，替他的粉丝向她道歉。

粉丝行为不至于上升到正主，UU并没有介意，只是私信给他回了一个“哼”字。

晚上她开直播化妆，眼影画到一半的时候，门铃响了。

她本来不想理会，但门铃按个没完，她只能放下眼影盘，对粉丝们说了一声，然后转身去开门。

五分钟之后，她抱着快递箱回到直播前：“哇，这什么东西这么沉？我没网购啊。”

粉丝都让她开箱，大家都跟她一样好奇。

于是UU就顶着一半的妆容把箱子打开了，里面是两袋猫粮。

她以为是哪个朋友寄的，因为她上热搜那天，好几个朋友都发信息安慰她了，还有好几个说要承包她这一年的猫粮。

她洗了手后继续画眼影，结果刚上手电话又响了。

是个有点眼熟的陌生号码，她以为是快递，所以想也没想就接通了，还放了免提。

听筒里是一道有点耳熟的声音："嗨，猫粮收到了吧？"

UU"啊"了一声，问："你是？"

她刚问出口就反应过来了，这声音是……

"路均丞。"

UU差点要昏厥。

她匆匆忙忙取消了免提，拿着电话跑出房间，然后才敢开口："我……我刚刚收到了。"

"这个是我亲自到楼下宠物店买的，应该不会有问题，里边我还拿信封装了2000块钱，你别丢了。"

"啊？"UU有点蒙，"什么钱？"

"治疗费。"

"不是说不用了吗？"

"赔偿肯定是要的，不然我过意不去，我也是养过猫的人。"

UU一下生出了一些惺惺相惜的感觉。

UU在直播的时候接了路均丞的电话，直接后果就是UU、路均丞两人一起上了热门。

有人揣测这两人早就认识，或者已经在一起了，之前的事件，不过是两人联起手来炒作罢了。

路均丞还一下子掉了好多粉，很多粉丝都因为他和网红在一起而感到失望。UU倒是涨了不少粉，都是路均丞的粉丝，他们关注了她，专门来骂她的。

路均丞后知后觉，晚上才给她私信，而且是条语音："啊，你之前在直播啊？"

UU揣摩不出他这句话里的语气，所以来来回回听了好几遍，确认他不是在责怪她之后，才回复："对啊，我没存你号码，也不知道是你，所以就接了。"

"现在存了吗？"

她其实存了，但又不想承认，就回复说没存。

路均丞只回了一个"哦"。

UU拿不准他这个“哦”是什么意思，问了一句：你要不要发微博解释一下？

她一直想发微博解释，但是路均丞那边没有回应，这种东西还是要两个人统一说辞比较好。

结果路均丞酷酷地回了一句语音：“不用解释。”

UU：啊？

路均丞：“解释没有用。”

没……没有用吗？

那就这样让它挂着？

“让它挂着吧。”听上去路均丞非常无所谓。

虽然就微博粉丝来看，UU这个老网红的粉丝比路均丞这个新秀主播的粉丝要多，但从直播间的观看人数来看，路均丞的人气绝对要比她的高得多。

所以这次热搜，追根究底，UU是获利比较大的一方。路均丞的粉丝们嘴毒是毒，但有些话说得还是蛮对的，她现在是比以前“糊”了。

她只是搞不懂路均丞的脑回路，他难道就不担心粉丝脱粉吗？

她没有再回复了。

过了一会儿，她在刷朋友圈时看到闺密刚发的动态，说：啊啊啊啊！欢迎路均丞加入我们的大家庭！（我真的超喜欢他啊！）

配图是路均丞的一张直播截图，戴着耳机，嘴里叼着一根棒棒冰，嘴唇粉嫩嫩的，一双眼睛又黑又亮，还泛着点点笑意。

他是在主播里面少见的游戏打得又好、人长得又帅的那款。

当时路均丞跟她道歉之后，她去看过他的直播回放，男生打着游戏，漫不经心地接了她的电话，跟她一样是外放，被骂之后满脸茫然，在游戏里频频失误。

难怪他的粉丝那么心疼，全都跑过来骂她。

UU评论闺密：他签了你们公司？

闺密回复她：对呀！！天哪，你不知道，他一直都不愿意签约的，别的公司都抢着要，我之前磨了他好久好久，他都没答应。

UU：那肯定就是因为我了。

闺密：？

UU：他肯定是暗恋我，为了接近我才进你们公司的。

闺密：你能要点脸吗？

UU：嘿嘿，而且既然他现在是你们公司的了，那麻烦你把他和我捆绑炒作的费用结一下。

闺密：你给我钱好吧？你看看你这两天涨了多少粉！

UU：这就开始帮他说话了？你男朋友知道你这么喜欢他吗？

闺密：我不是，我没有，你别陷害我！

当晚她闺密的朋友圈截图就流了出去，“UU，路均丞”的词条热度刚刚降下去一点，又被顶到了第一位。网友们又是一通猜测，说什么的都有，更多的是说他们故意凑成一对让人炒作。

UU觉得她闺密公司是故意的，就是为了给路均丞造势。

UU非常委屈，忍不住在小号发了一条微博怼网友：什么年代了，谁还玩凑对啊？

没想到今天路均丞接了一个网页游戏的推广，文案就一句话：我喜欢玩……

别说是他们俩的粉丝了，就连UU自己都觉得，这人故意的吧？

UU截了图，拿去质问路均丞是什么意思，路均丞弱弱地回复了一句“是公司想的文案”。

UU：胡说！我刚刚问了我闺密，她说文案是你自己写的！

路均丞：我说错了，是我的助理写的。

UU：你哪来的助理？

路均丞：你这人怎么这样？

UU：我怎么了？

路均丞：咄咄逼人。

UU一时哑口无言，他确实也没做什么，她总不能说人家故意制造绯闻吧，他一个当红主播，干吗来“碰瓷”她啊？

路均丞似乎也反应过来了，回复她说：巧合吧，你发微博和我发微博前后不到两分钟。

也是，可能真的只是巧合呢？

那之后，她就变成了路均丞的绯闻女友。

真的是很莫名其妙，她连路均丞他人都没见过，就时不时被拉出来议论，还天天被营销号调侃。关键是，路均丞本人似乎还蛮享受这种绯闻缠身的感觉。

有一天他在直播，直播间里有个叫“UU本U”的人给他送了很多礼物，他直播结束之后，还特意说“谢谢UU”。

粉丝们纷纷到她微博下起哄，问他们什么时候公开。

UU：我不是！我没有！

她去跟闺密“诉苦”：“路均丞让我很是为难呀。”

闺密：“有吗？”

“有啊。他这样捆绑我，故意炒作这种配对，不是蹭热度，就是喜欢我。”

“你觉得他喜欢你吗？”

“应该不会吧？”

“那你觉得他在蹭你热度？”

UU一脸严肃地点点头，“有可能。”

“你可拉倒吧你！”闺密翻白眼，“你现在发一条微博看看，评论能有200条吗？人家路均丞可是一小时内评论就有2000条的，蹭你热度？你不知道这段时间他‘蹭你热度’掉了多少粉，被多少人骂吗？”

“啊？真的吗？”

“你可以自己去看看嘛，而且我真没看出来你苦恼哦，我觉得你挺乐在其中的。”

“啊？”

“我觉得其实是你格外在意路均丞哦，他直播、发微博、发广告，你都能第一时间知道呢！”

“啊，我一会还得发视频呢，先去忙啦！拜拜哦。”

她去剪了一上午视频，十二点钟发了微博，然后一觉睡到六点钟，起来的时候看到微信好友申请中有个叫L的人。

头像是一个戴着帽子、穿牛仔外套，手比剪刀手的男生背影，UU一眼就认出来了。

她通过好友验证的时候，心跳都有点加速。

加上好友之后，她故作矜持地问了一声：谁？

他回复她：你猜？

UU：不认识删了啊。

他：路均丞，不知道你认识吗？

一下子她又很被动了。UU没说认识也没说不认识，只问他有什么事。

路均丞直接弹了语音通话过来，UU愣了一下，没敢接，但那边也没挂，就那么呼叫着。

他第二次弹过来的时候，UU咬咬牙，接了。

“嗨。”男生在那边说，“我讨厌打字，这样跟你说话，可以吧？”

“嗯。”UU心跳得好快，但还是故作镇定地开口了，“我刚刚在忙，不方便接。”

手机那头的人低声笑了，“现在还在忙吗？”

路均丞的声音跟他在直播的时候不大一样，很好听，也有点温柔，听得UU耳尖泛红。

“不忙了，什么事，你说吧。”

路均丞说：“我听说……我最近的某些行为，对你造成了困扰？”

他太直接了，杀得UU措手不及。

她“啊”了一声，一边给闺密发信息：“你给我等着”，一边又装聋作哑地问路均丞：“什么行为？”

路均丞沉默了一会儿，才说：“你这样就没意思了吧？”

UU：“啊？”

路均丞：“你不是在说我捆绑你，两人炒作吗？”

UU：“你有吗？”

路均丞："我有吗？"

UU："你这样就没意思了吧。"

即便是这样，UU也没松口，强撑着说："一次也就算了，那么多次，总不好再说是巧合吧？"

路均丞："我无辜得要死，就拿昨天那个给我打赏的粉丝来说，她这段时间天天给我打赏，昨晚又砸了重金，我能不提一嘴感谢一下人家吗？你觉得我有必要专门弄个号来打赏自己，然后演这出戏吗？我看那号也挺高级的，如果你不信的话，可以跟平台申请查号的，看看我有没有搞鬼。"

UU："号也可能是买的。"

路均丞："那你就说说我的作案动机吧，我为什么要这么做？"

路均丞在那边微微一愣，然后"扑哧"一声笑了，"你真是……"

这笑声和无奈的语调，好像一片羽毛轻轻拂过UU的心尖，弄得她一阵酥麻。

"我是觉得……"UU努力回话，再不认真过招，她就得陷进去了。

"嗯，你说。"路均丞很认真的样子，"我听着呢。"

能不能不要再对她发射温柔炮弹啦！

UU："我是觉得，其实你没有说我强行'碰瓷'已经很不错了，毕竟那些行为看起来不是巧合就是我想多了。你还真的没有理由蹭我热度，也不至于喜欢我，对不对？"

咦？她在说什么？她不是想说这个啊！！！

路均丞显然也没料到她会说这个，一时间不知要如何回话了。

"你喜欢我吗？"UU又开玩笑地问出一句。

路均丞在那头沉默。

UU觉得有点尴尬："哈哈，不可能对吧。"

"我……"路均丞似乎想说什么，但是UU这边来了个电话，把语音截断了。

她挂了电话回微信，看到路均丞给她发了个问号。

"刚刚来了个电话。"UU回他，"我闺密叫我去吃饭。"

"也叫了你吗？"路均丞问。

“也叫了你？”

“嗯，我刚准备出门，你住哪，要不要我顺便去接你？”

“我跟她一个小区，走几步就到了。”

“好，那一会儿见。”

UU放下手机就跳了起来，七点钟的聚会为什么六点四十才通知她啊？！

她迅速去洗了个头和澡，手忙脚乱地吹头发换衣服，然后化了一个心机少女妆，抱着一瓶红酒就往闺密家里赶。

她进电梯的时候还在给闺密发微信，问大家都到了没有，闺密回她：刚刚到，你进电梯了吗？我让他给你开门。

她刚想问“他”是谁，结果一出电梯就看到闺密家的门开着，路均丞站在门里冲她笑：“嗨。”

路均丞的脸比隔着屏幕看还要精致一点，即便是阅美男无数的UU也有点脸红，不太好意思抬头看：“嗨！”

“不是走几步就到了？怎么还比我慢？”路均丞一边笑着问，一边顺手就接过了她手中的那瓶红酒。她闺密在厨房里喊，让她换鞋柜底下粉红色的拖鞋，路均丞弯腰替她把那双拖鞋拿了出来。

“谢谢啊。”UU尽量让自己表现得大方得体。

“嗯？”路均丞挑眉看她，“你的脚好小。”

UU顿时又被冲击得丢盔弃甲了。

晚餐是闺密的拿手好菜——外卖，男生们都没太吃饱，UU最后起身去厨房做了凉面，虽然只放了点黄瓜丝和拌酱，大家却都吃得很开心，路均丞直接吃了三碗。不过这一圈人中，属他年龄最小，大概是还在长身体，所以吃得多在所难免。

晚餐过后一群人围在茶几面前，一边喝红酒，一边玩桌游。

他们这群人，来来回回都是这几个，玩得很熟了，而且来来回回也都是这几款游戏。UU早就玩腻了，但是因为今天加入了路均丞，她忽然就觉得这游戏有点意思了。

路均丞看起来就是那种脑瓜很灵活的人，玩起游戏来得心应手，所以上桌就被人合伙压制了，这游戏打的就是配合，任他再聪明，也抵不过别人的合伙陷害。

所以第一回合，路均丞输了。

游戏规则还没说好，他先干了半杯红酒。

其他人象征性地拦了一下，“哎，路均丞你成年没有啊？你就喝酒了？”

一口气干了半杯的路均丞眼尾泛红，双眸水亮地望着大家：“我成年啦。”

“啊。”场上有位女性抱着抱枕倒下，“我被路均丞击中了。”

UU也被击中了，但还在强撑。

“待会输了别喝酒了。”闺密说，“真心话大冒险吧，酒不够喝。”

获得了一致同意后，路均丞似乎想开口反抗一下，但那群人已经开始发牌了，他便没再作声。

第二局又是路均丞被抓了。

“这样就没意思了吧。”路均丞笑着说，“游戏体验很不好。”

“嘿嘿。”闺密摩拳擦掌，奸笑着问：“真心话还是大冒险？”

不知道为什么，路均丞看了UU一眼，然后选了大冒险。

“那你选个在场的女生亲一下呗。”闺密说。

在场就三个女生，闺密有男朋友，而且人就坐她旁边虎视眈眈地看着路均丞，另外一个女生抱着抱枕，也虎视眈眈地看着路均丞，路均丞咽了咽口水，说：“那还是真心话吧。”

闺密乐不可支，“不是，你看了我一眼，又看了她一眼，但是为什么没有看UU？不敢看啊？”

路均丞耳朵都红了：“真心话。”

“哦。”闺密正儿八经地说，“这个问题我替UU问的。”

UU：“啊？我没有问题啊。”

闺密没理她，直接开口：“你进我们公司，是不是因为我……”

她停了几秒，就在路均丞要摇头的时候，才接着说：“是不是因为我和UU是闺密，你进公司是为了接近我，进而接近UU啊？”

UU脸都红了：“你别瞎说了，你不要脸，我还要脸呢！”

闺密瞪了她一眼，一副恨铁不成钢的样子：“当初不是你这样说的吗？”

“我开玩笑的！胡说八道的！”UU都快哭了，这是什么猪队友啊！

首次见面就聊成这种局面，她怕是要没戏了。

“你别吵！”闺密望着路均丞，“真心话哦，撒谎不举。”

路均丞：“……”

“Yes or no？是或不是？”

“Yes，是。”

空气仿佛都凝滞了，众人呆了，闺密倒是很开心，拿手肘捅了捅她男朋友：“输了，给钱。”

闺密男朋友二话不说地拿起手机开始转账。

场上另一个女生失望哼了一声：“我又失恋了！”

UU悄悄看向路均丞，没想到对方也在看她。视线相撞，路均丞先不好意思地别开了脸。也太可爱了吧！

还一头雾水的男生问：“啊？意思是你喜欢UU？”

此话一出，气氛更凝固了。

路均丞：“你赢了我再问。”

于是大家铆足了劲开始第三局，结果这一局路均丞运气特别好，手上拿的都是好牌，大家怎么抱团都抓不到他。

而路均丞从一开始就针对的UU，这局果不其然地输了。

其实很大程度上还得怪她的猪队友，大家在发现路均丞想抓UU后，都一肚子坏水地帮他，不怕敌人太强大，就怕队友倒戈。

输了之后，UU把牌往桌上一摔：“这样就没意思了吧？”

“真心话还是？”闺密问。

“大冒险吧。”UU说。

“亲一下……”

UU一听到这三个字就感觉不对劲，连忙反口：“真心话真心话。”

闺密给路均丞使了个眼色，问话权就递给他了。

UU忍不住一阵紧张。

路均丞歪着头看她，问：“在我直播间一直给我打赏的‘UU本U’，是你吗？”

UU下意识地想否认，但是闺密在旁边很快就接了一句：“撒谎的人来大姨妈要痛经的哦。”

这个就太可怕了吧。

她迟迟没有开口，其实已经相当于承认了，大家都起哄起来：“UU你深藏不露啊！”

“谁能想到这个障眼法呢？用自己的名字做马甲，谁会想到就是她本人啊？”

“连我都被她骗过去了。”

UU捂脸。

另一个女生以头撞桌：“我做错了什么？要欣赏这出双向暗恋的戏码啊？”

路均丞却什么都没说，迅速地把牌洗了，然后给大家发牌，“再来一局。”

众人一脸惊讶。

有人笑道：“路均丞你还不告白吗？”

“妈哎，急死我了！都什么时候了还玩牌！”

“快点。”路均丞催促大家，“你先出牌。”

大家只好再陪他玩了一局。

这一局大家都没什么心思了，UU更是频繁出错牌，但即便在这种状态下，路均丞还是输了。

他一输就立刻放下牌，眼巴巴地看着那个之前问他是不是喜欢UU的男生：“我输了，你问问题吧。”

那个男生持续疑惑：“啊？”

闺密看不过去了，抢着问：“你是不是喜欢UU？”

他这才有点不好意思，又郑重地回答：“是。我喜欢她很久了，所以猫粮抽奖那次才抽中她。”

即便大家已经心知肚明了，但是看他坚持要在真心话环节认真地回答出来，都觉得他可爱得不得了。

UU忍不住拿抱枕捂脸了，这是什么宝藏男孩啊？！

表白环节结束之后，闺密就把这两人赶出去了，让他们有点单独相处的时间。

两人一起下楼，UU问他是怎么发现那个打赏的“UU本U”是她的。

“本来我也没发现，但是那天和你说的时候，你没有继续追究，我就觉得有点问题，就找了客服帮我查。”

“这个还能查得到吗？”

“费了一点心思，不过最后还是查到了注册手机号。”

“好吧。”

路均丞带着她一直走到了他的车前，路均丞说要拿瓶水，打开后备厢的时候，有气球飘出来，然后是一束百合和几个礼物盒子。

UU始料未及，愣了一下。

“也不知道你喜欢什么，就看你的美妆视频跟着买了一些你常用的东西。”路均丞望着她，温柔且小心地说，“可以做我的女朋友吗？我不会蹭你的热度。”

UU笑了，“那我可以蹭你热度吗？”

“可以！”

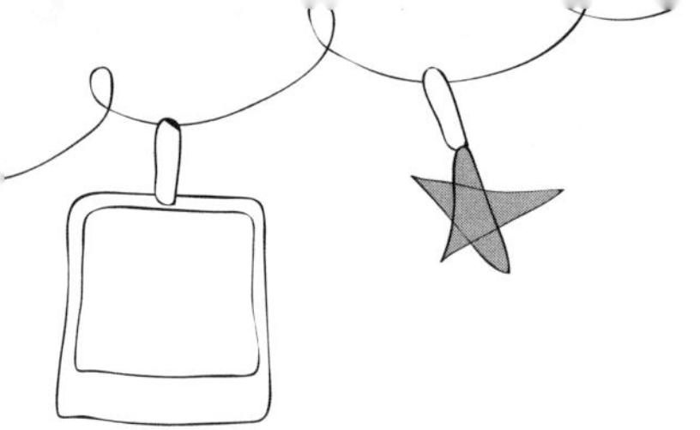

美味的你

陈言从车间出来，经过门卫室时又被叫住了。

“小陈，有你的快递。”

又……有吗?

她进去看了一眼，又是一个大箱子。

“还挺大的，要不帮你叫个三蹦子？”门卫问。

“没事，我扛得动。”陈言说完伸手毫不费力地抱起箱子就出去了。

到家已经十一点多了，隔壁房间她爸已经睡了，呼噜声震天响。她把箱子放到自己房间，然后去洗了个澡，出来的时候奶奶已经醒了，迷迷糊糊地问：“言言下班了，要吃面吗？”

“奶奶你去睡吧。”陈言心疼她，“我自己热一下菜就好。”

“没什么菜了，你爸爸晚上下酒都吃完了。”她说着进厨房动手了，“我给你煮面，一会儿就好。”

她拦不住，就由着她去煮了。

陈言回房擦干头发，然后拆开快递箱子。

是一个泡沫箱子，放满了冰袋，里面是一只很大的龙虾，还附了烹饪方法的单子和调味包。龙虾下面是一个小盒子，陈言打开来，里面果然又是3000块现金。

这三个月，她几乎每周都能收到一个快递，里面是各种食物和3000块的现金。

她把钱收好藏在床底的鞋盒里，然后拿着龙虾去了厨房，和奶奶一起一边研究，一边把它搞熟了。

“今晚你也要直播吗？”奶奶小声问她。

“嗯。”陈言点头，“奶奶你先睡吧，我一会儿再收拾。”

“好，你也早点休息。”

“嗯。”

陈言把食物都端进了房间，开了灯，戴上耳机，打开手机直播。

她是半年前接触吃播的，一开始只是她朋友笑话她吃东西像猪，拍了视频发到了网上，还小火了一阵，然后直播平台找到她，给她开了个号开始做直播。

本来也只是玩玩而已，而且她的条件很差，手机是700块的二手手机。几个月前，她换成现在的工作，因为要三班倒，她没法按时直播，都打算不播了。

结果就在那个当头，有个人联系了她，自称是直播平台的客服，要给她寄设备。她给了地址，接着第二天就收到了手机、耳机、收音设备等，还有一个很漂亮的落地灯。这几个新的小物件用起来很顺手，她就又坚持了一个月，这一个月里，断断续续还收到过一些食物，都是这边买不到的，或者她买不起的食材。

然后在三个月前，她开始收到现金。

她联系之前问她要地址的人，问为什么会有钱，那个人说是平台的补贴。她有点纳闷，跟朋友说了这件事，朋友说根本不可能有补贴。于是她又去问了当初的直播平台联系人，对方说没有给她寄过东西。

她超害怕的，想到自己还吃了那么多来路不明的食物，生怕被投毒什么的。

朋友帮她研究了一下，跟她说：“这包裹都是江北市寄来的，江北是大城市，不会有人想要害你这个小村姑的，还有啊，如果是想害你，为什么还给你寄钱啊？”

陈言还是很不安，所以有段时间她并没有吃快递里的那些食物。

这时，倒是给她寄东西的人坐不住了，主动给她发来信息，问她是不是没收到快递。她说自己核实过了，快递不是平台寄的，不敢收。

那边沉默了好一会儿，然后才给她发了一段话：对不起，欺骗了你，一开始也是儿因为担心你不要，才冒充官方给你寄的。但是我绝对没有恶意，我只是你的一个小粉丝，因为很喜欢你的吃播，不希望你停播，才给你寄吃的和钱。

陈言挺诧异的，因为她的直播间，说实话非常透明，一般点进来看的都是路人，她都不知道自己居然还有这种粉丝。

她表达了谢意，说自己会尽量播，麻烦他以后不要再寄东西了。

但他还是照寄不误。

陈言怕浪费食物，所以都吃了，但是钱，她一分没敢用。

直播间开的时候，ID为“喜欢看言言的吃播”的用户第一个进入房间，这个就是她的“死忠粉”[1]，就是给她寄东西的人。

“晚上好。”她用嘴型给大家打了招呼，然后就开始吃面。

说老实话，从下午六点上班到夜间十一点，她是真的饿了，而且奶奶煮的面永远都那么好吃，她暴风吸入，吃掉了大半碗，然后才开始吃龙虾。

龙虾有她的手臂那么长，她第一次吃这个玩意，有点头疼。

她费了好大的劲才把那个壳掰开，然后就开始啃，一边啃，还一边奇怪：这个东西，能吃的部分真少。

但是真的很好吃。

一只虾，她吃了半个小时才吃完，吃掉剩下的面和汤后，她就说“晚安”下播了。

下播前她发现直播间的观看人数翻了一倍，也不知道为什么，评论跳得太快，她也没看清楚大家在说什么。

收拾完桌子和碗筷，回到床上去的时候，才看到手机里那个给她寄东西的人发来的信息。

——箱子里有钳子。

——还有食用方法，你没看吗？

——虾头别吃。

哎？

1 死忠粉：自英文单词 fans，前面加上“死忠”，表达了这位粉丝对他热衷的对象是死心塌地的。

她马上回复对方：我没看到，吃了会怎么样吗？

他回复：没事。

又夸她：你牙齿很坚固。

虾钳子里的肉弄不出来，她就把所有的壳都咬碎了。

她回复：龙虾好好吃哦，谢谢你。

对方回复：你喜欢就好，晚安。

第二天陈言起来的时候，才发现自己昨晚的吃播视频被顶到平台首页了，为了抓人眼球，小编还给她打了一个“乡巴佬第一次吃澳洲龙虾”的标题。

浏览量上一百万了，弹幕都在笑她。

很好笑吗？陈言不明白，难怪昨天最后的时候，直播间涌入了那么多人。

陈言的那个粉丝倒是要气死了。

——这起的什么标题？这个人是不是脑子有问题？我去投诉了！

陈言还反过来安慰他：没事，我确实是乡巴佬嘛，好歹也算火了，我今天粉丝涨了好多哦。

她心态很好的，毕竟这样的情况，她也不是第一次经历了，在众多吃播、直播里，她确实是最土最穷的那一个。

第二天上班的时候，她趁着午休上平台看了一下，那个视频的浏览量还在往上走，她个人主页的吃播视频浏览量也在跟着上升，还有一个之前“死忠粉”给她做的吃播剪辑，也在被疯转。

当然也有不和谐的声音，有人在底下质疑：这个主播我之前见过的，家里很穷的，她哪里来的钱吃龙虾？而且我看了一下，她这三个月吃的东西都好高级哦，牛肉还有红酒配，以前不是只吃土豆的吗？暗搓搓猜一下：她是不是被包养了呀？

底下一大堆回复。

——虽然穿着土里土气，但是确实看着挺清秀的，我要是有钱人，我也想包养这一卦，多清纯。

——互联网真的能改变好多人哦，村姑飞上枝头变凤凰咯。

——变凤凰还是“小三”？你说清楚，哈哈哈哈。

这段评论，搞得陈言一下午都心神不宁，还被针戳到手指了。

下班之后她没有直播，“死忠粉”来问她：今晚是不是不播了？

她有点生气，没好气地说：以后都不播了。

对方发来一个问号。

陈言：他们说我被包养了。

对方更奇怪了：你被谁包养了？

陈言：不是你吗？你给我钱，还给我寄那么多东西。

他发了一串省略号过来。

陈言：在我们这，做小三被包养，是要被扒光当街打死的。

对方很无语，隔了好一会儿才说：你真的想多了，我对你没有别的想法，就是真的喜欢你的吃播，才给你寄东西寄钱的，如果真的给你带来了困扰，以后我不寄钱就是了。还有，网友的评论，你没有必要放在心上。就是一些“喷子”[2]罢了，不要影响你自己的心情。

这段话陈言反反复复看了好几遍，然后情绪也慢慢缓和了，是她过激了。

她跟他道歉：对不起，我语气不太好。

对方发了一个“嗯”过来。

陈言看不出来他有没有生气。

之后几天，“死忠粉”都没有跟她说过话。

其实本来他们之间的交流也不多，加上微信也才几个星期，一般都是她直播迟到或者放鸽子的时候他会问一声，或者是陈言收到快递了，跟他说，然后他“嗯”一声。

陈言很担心他生气，毕竟是唯一的“死忠粉”，所以她巴巴地去跟人家说话，问他：能不能给我一个你的地址？

对方发来一个问号。

陈言：我不是在车间上班嘛，我们是做钱包的，材料都很不错哦，我想亲手

2 喷子：指没有逻辑、毫无事实根据地予以指责的人。

做一个送给你。

对方又发来了一串省略号。

陈言担心对方会看不上这种廉价无品牌logo的产品，正考虑说要不我在网上买一个送你。对方就很利落地发来了一串地址，还有姓名和电话。

陈言：梁时镇，是你的名字？好好听哦。

他回：你的名字也好听。

收到地址之后，陈言都在加班给他做钱包。

流水线上隔壁的大妈发现陈言在做钱包，调侃她是不是送给男朋友的，弄得她怪不好意思的。

她在网上买了一朵很漂亮的永生花，钱包做好之后，放在一起寄过去了。

三天之后，梁时镇收到了钱包，很礼貌地跟她说：谢谢，很喜欢。

陈言也看不出他是真喜欢还是假喜欢，礼貌，但是也不热情。

陈言鼓起勇气说：那你收了我的礼物，不要生我的气了哦！

梁时镇：嗯？我没生气啊。

陈言说了个"哦"。

那边的人隔了好久才回复：我真的没有生气。

陈言想，那应该是真的没有生气吧？

第二天她休息，和姐妹去逛街，说起这件事情，对方抢着看了她的手机聊天记录，惊叹她怎么遇到这种"高冷舔狗"的。

陈言不明所以，"什么叫'高冷舔狗'？"

"他不是说是你的粉丝吗？'死忠粉'吗？给你寄了那么多东西，还给你钱，这么宠你，这就是'舔狗'的意思。但是看你们的聊天记录，他又很高冷，一直都是回复'嗯'和问号的。所以叫'高冷舔狗'。"

陈言似懂非懂地"哦"了一声。

她朋友爱看小说，此时已经陷入了自己的幻想中，"说不定是一个非常帅的霸道总裁呢，一下子爱上了你，从此你就脱离这个小村子，去江北做富太太了。"

"他不喜欢我。"

“说不定是死肥宅呢。”另外一个朋友在旁边打破她的幻想，“现在给女主播打赏的，一般都是死肥宅啊，总裁谁有空看你的吃播啊，好笑。”

“说得也是，不过肥宅也好啦，好歹是江北的肥宅。”

陈言无言以对。

她们排队买了炸鸡，想去她家附近那个晒场喝啤酒，结果路上就被人拦住，对方着急忙慌地跟她说：“陈言，快回家一趟。”

陈言脑袋嗡的一声。

上一次有人跟她说这句话的时候，是在她小学，她妈妈去世的时候。

陈言拔腿就跑，刚到家门口，就看到她爸爸在门口抹眼泪，她想进去，又被拦住，“言言啊，奶奶没了……”

太突然了，陈言脑子里一片空白，只见他们镇上一个诊所的医生走出来冲他们摇摇头，“应该是脑梗。”

陈言瞬间就炸了，“什么叫‘应该是’？送医院啊！”她几乎是尖叫着喊出声的，“叫救护车啊！送医院！你是不是酒没醒？那是你妈！”

她爸狠狠地给了她一巴掌，打得她眼冒金星，“你给我老实点！”

陈言一下子就安静了下来。

她朋友帮她叫了救护车，医护人员过来的时候，也说已经没了，错过了最佳抢救时间，她还是坚持要把人送到医院去，好像送过去就还有一丝希望似的。

她爸爸在旁边跟医生说：“我可没钱啊，救护车是她们叫的。”

邻居在旁边劝她：“言言，奶奶已经没了，你就别折腾她了。”

陈言没看他们一眼，央求着医生帮忙抢救。

奶奶躺在那里，好像睡着了一样。

料理奶奶的后事花了很多时间。

陈言有个小叔，比她爸还要不争气，在外地上班，知道奶奶没了，拖家带口地回来，非要争遗产，闹得不可开交，还不让下葬。

她也有好长一段时间没有好好睡觉了。

第一天，梁时镇给她发过信息，问怎么不直播，她没有回复。

第二天，梁时镇问她：是有什么事吗？

第三天，他给她拨了语音通话，她没接。

第四天，他说：陈言，回复我一下，我很担心。

这几天陈言一直都木木的，直到看到“我很担心”这四个字，眼泪才像开了闸，不要命地往下淌。

她哭着敲字回复：我奶奶死了。

梁时镇秒回了两个字：节哀。

很冷漠，但是陈言知道他是关心自己的，何况这种时候，除了“节哀”两个字，也不能说什么别的。

她哭够后，就继续去忙了。

下葬完奶奶之后，她感觉自己心空了一块。

加上没有奶奶给她做吃的，说实在的，她也没什么心思和热情去开直播了。周末休息了一天，她去朋友家玩，朋友做了很多好吃的，她录了个视频发到了主页上。

梁时镇第一个看完了，然后问她：为什么戴着墨镜？

陈言回复说：这段时间哭得太厉害了，眼睛很肿，怕吓到你们。

梁时镇又发了一张图片过来，是她视频的截图，问：那你脖子上的这个是怎么回事？

陈言没料到他会看得这么仔细。她脖子上有一道瘀痕，是被她爸爸掐的，眼睛也是被打青的。

她还在找借口时，梁时镇先发制人：实话跟我说，你骗我的话，我会更担心。

陈言只好一五一十地告诉他：我爸爸酗酒，奶奶走了之后没人说他，他喝得更厉害了，之前你给我寄的钱我都没动，藏在我床底。那天我下班回家，发现他在我房间，找出了那些钱，要拿走，我不让，就被他打了。一共三万五，都被拿走了，不过你放心，我会努力工作攒好钱还给你的。

梁时镇：……不用还。

隔了一会儿，他又说：但是他打人，我觉得你可以报警的，你家里没有别人了吗？

陈言：没有了，警察不会管这些事的。

之后，梁时镇似乎是去忙了，一直没有回复。

陈言在朋友家睡了一觉，醒来的时候已经天黑了，摸出手机，看到一条他的未读消息。

梁时镇问她：你想不想到江北市来？

陈言以为自己还没睡醒，去洗了把脸后再看，他那句话还在那里。

陈言想了想，回复他说：我没钱，也不认识人，去大城市可能会饿死。

梁时镇：不会的，有我。

陈言一下子心跳得好快，这种感觉从未有过。

她敲字，问：你要养我吗？

输入完又觉得不妥，便删掉没有发出去。

她没有回信息，在朋友家吃完饭就回去了，到家的时候发现家里居然有客人。她的酒鬼老爸喝得满面红光，看到她进屋指责她："怎么这么晚才回来？吃饭了吗？"

"我吃过了。"饭桌上那几个人一直在打量她，她有点不自在，"我先回房了。"

"你站住。"她爸爸喝住她，"过来。"

陈言没办法，只能走过去。

"这就是我女儿陈言，19岁，读过高中的，现在在制衣厂上班，很乖的。"她爸爸跟对方介绍完之后，又对陈言说："这是你许叔叔、许阿姨，这个是许伟，在超市做会计。"

陈言看了一眼那个看起来快三十岁的男人许伟，心里生出不祥的预感。

"长得可真标致。"许阿姨笑眯眯的，递过来一个红包，"第一次见面也没准备什么，先收着。"

陈言把手背到后面，拒绝道：“谢谢阿姨，不用了。”

“你这孩子真不懂事，阿姨给你，你就拿着。”她爸爸不悦道。

陈言没动，许阿姨就把红包放在了她面前的桌子上，“我看可以，以前许伟也见过的，他喜欢就好，到时候我们找大师算个日子就行。你放心，只要入了我们许家的门，我们是绝对不会亏待言言的。”

陈言听了这话，顿时心凉得彻底。

客人走了之后，陈言爸爸吩咐她去洗碗，陈言没有动，他酒气上来了，拿脚踹了她一下，“叫你去洗碗，你听不见？”

“你都把我卖了，还指望我给你洗碗？”

她爸爸一下心虚了，他没敢看陈言一眼，只是嘴硬说：“你会不会说话？我给你找了一个多好的婆家，许家开超市的，你嫁过去都不用上班了。聘礼我都没敢多要。”

陈言有好多话要说，但她知道说了也没有用，还可能招来一顿拳打脚踢。

她转过身去洗碗，她爸爸以为她服软了，心满意足地去睡觉了。

陈言洗了碗，回房的时候看到手机上梁时镇新发来的信息，是一个问号。

她问梁时镇：现在可以去吗？

梁时镇马上就回复了：可以，我给你买机票。

她其实是一时冲动问了这句话，不到三秒就反悔了，但梁时镇在三秒之内回复了她。

梁时镇：给我你的个人信息。

陈言发了过去。

然后不到五分钟，她就收到了一条短信，是航空公司发来的行程确认信息，今晚从省城直飞江北。

梁时镇：票买好了，但是你那没有机场，你得先去市里，然后坐高铁去省城，然后去机场坐飞机，知道怎么去吗？

陈言回复他：我没去过省城。

梁时镇很有耐心：没关系，我都买好票了，你带上行李和证件，随时跟我联系就行。

陈言：证件是什么，身份证吗？

梁时镇：对，你有吗？

陈言：有。

收拾完了行李，出发前，陈言陷入焦虑，不停地问他：

——我去江北市了，能找得到工作吗？

——我不想被包养。

——你是骗子吗？

——要租房子吗？

梁时镇一一回复她：

——我可以帮你，即便找不到工作，你做吃播，也还是会有收入的。

——我没说要包养你。

——我不是骗子，我可以把我的个人信息发给你。

——一时半会可能不好租，你可以住我家，我家是复式，二楼没人住。

然后附了好几张图，有他身份证的照片、名片、工作牌，还有收入证明和银行流水。

她拿不定主意，把这些都发给她朋友看，她朋友尖叫了好几声，说：这是银行高管啊，难怪那么有钱呢？

陈言问：会不会是骗子啊？

她朋友说：我刚刚在他们银行的官网查了，确实有他的信息，而且这个东西很难造假吧，造假骗你这个村姑干什么？

她很担心被骗，他们这边发生过好多起妇女小孩被拐卖的案件，但是她现在穷途末路了，只能孤注一掷。

她给梁时镇发信息：那我去了，希望你不是骗子。

梁时镇回了她两个字：不是。

一如既往的言简意赅。

她背着包义无反顾地出门了。

她赶上了最后一班去市里的大巴，然后在车站坐出租车到了高铁站，在好心人的帮助下取了票进了站，到省城之后，又直接叫了出租车去到机场。

从高铁站到机场有很长一段路，她坐在车里，第一次看到省城的夜景，她拍了照发给梁时镇，问：江北也这么美吗？

梁时镇回复她：美得多了。

于是她又充满了向往。

她到机场的时候已经很晚了，飞机还延误了，她登机的时候已经凌晨一点多钟，到那边的话得三点钟。

这个时间点很尴尬，陈言给梁时镇发信息，说：要不你先睡，我到了机场之后在机场等天亮再走。

梁时镇回复她：我已经出发了，两点多到机场，等你一会儿就到了，你一个人，我不放心把你丢在机场。

陈言回复说不要紧的，然后空姐提醒她关机，她就乖乖关机了。

她第一次坐飞机，很紧张，又迷迷糊糊睡了一觉，梦到自己见到了梁时镇，他的脸和许伟重合，她被吓醒了。

她一下飞机就给梁时镇发信息，对方告诉了她自己所在出口的位置，又给她发了一条语音："我穿亚麻色的衬衫，这边没什么人，你出来就能看到我了。"

这是他第一次给她发语音，他的声音很好听，像小溪流，和缓清透。

"我穿白色的T恤。"陈言回复他。

"我知道。"他的声音带着很淡的笑意，"我知道你长什么样子。"

陈言忽然有点紧张。

其实这一路她都在紧张，但紧张的是不认识路、没坐过飞机、没去过江北市，只有现在感觉到了"初次见他"的紧张。

她一路往外跑，结果在机场迷路了，绕了好几圈，梁时镇一直没等到她，给她拨语音通话问她到哪了。

"我出来了！"陈言着急地说，"我找不到你说的出口。"

"你现在在哪？"梁时镇问她。

“我也不知道我在哪。”

“你问一下你旁边的人你在哪，我去找你。”

“好。”

陈言转头去问路人，对方给她一指，她立刻就看到了梁时镇说的那个出口，一直就在不远处，但是她没看到，绕了好半天。

“我看到了看到了，我现在过去了。”

陈言一边说一边往那边跑，电话还没挂断，跑了两步，就听到梁时镇在那边说：“我看到你了。”

陈言抬眼，心剧烈地跳动了起来。

她也看到他了。

门口站着一个很高的男人，穿着亚麻色的衬衫，戴着一副金丝边眼镜，干干净净，斯文儒雅，看起来就像是电视剧里走出来的人。

陈言心生怯意，有点不敢走过去了，她脚步放慢了，对方却往前走了几步，直接来到了她的身边，冲她笑了一下，很自然地接过了她手中的包，问她：“累不累？”

陈言摇头，“不累啊，我上班比这个累多了呢，我上班要连续站12个小时，这还都只是坐着。”

梁时镇恩“嗯”了一声，“以后不会这么累了。”

两人一起出了机场，梁时镇开的是一辆白色的越野车，他从她身后伸手帮她开了车门，陈言有些不知所措地上了车。

车的内饰看起来很豪华，再加上是密闭空间，所以陈言更紧张了。安全带系了半天都扣不进去，最后是梁时镇伸手过来帮她扣好的。

他靠过来的时候，陈言闻到了一阵很淡很清爽的香味，这味道让她有些心跳加速。

回去的路有点长，梁时镇让她先睡一觉。

陈言睡不着，感觉这一切都像是在做梦一样，她扭头去看旁边的梁时镇，他真好看啊。

梁时镇大大超出了陈言对他的幻想，这差距让她不由得心生出了一些自卑敏感的情绪。

她抓着安全带，犹犹豫豫地问："我可以不去你家吗？"

梁时镇微微一怔，然后将车靠边停下，认真地转过头问她："怎么了？"

"我觉得去陌生男人家住不太好。"

"你怕我吗？"

陈言其实不怕他，是怕被他认为自己是随便的女孩。

梁时镇想了想，重新启动车子，"要不我今晚先给你订个酒店，你在酒店住几天，然后我们再慢慢找房子？"

"好。"陈言答应了，隔了一会儿又小声说："别太贵。"

梁时镇笑了一下，"好。"

他将她送到了酒店，可能是怕她不自在，没有送上楼，就在电梯门口嘱咐了好多句。

"电话保持联系。"

"不要乱跑。"

"我明天下了班来找你。"

陈言背着包，很乖地一一答应："好。"

梁时镇似乎还想说什么，但看了看她，还是什么都没说，转身走了。

陈言一直看着他走出了酒店大门，才按了电梯上楼。

梁时镇给她订的是一个套间，房间很大，浴室比她原来的房间还大，床够睡五个她。

她洗了澡出来，才看到梁时镇给她发的信息，他问：

——回房间了吗？

——我看你只带了一个包，衣服够穿吗？

——我明天给你买一些衣服过去。

陈言匆匆忙忙回复：回了，刚刚在洗澡没看到信息。我的衣服够啦，我包包很大的。

发过去之后，她又在想，是不是因为自己的衣服不好看，梁时镇才说要给她买衣服的？

陈言走到镜子面前打量自己，越看越觉得自己土里土气的，她太瘦了，T恤空荡荡的，穿着紧身牛仔裤的腿简直像是两根筷子。

跟她一个航班的女生，以及她在机场看到的女生，全都漂漂亮亮的，只有她灰头土脸，仿佛是进城打工的。

手机响了一声，梁时镇回复了信息，回的是语音。

“嗯，你的衣服是你们制衣厂做的吗？很可爱，很适合你。我明天就按照这种风格给你买。”

陈言：不是，是我网购的，真的不用买啦！

梁时镇：“我睡了，明天还要上班，晚安。”

陈言：哦，晚安。

梁时镇：“明天带你去吃好吃的。”

陈言：好哇！！！

第二天陈言睡到了十一点，有人敲门进屋打扫卫生，问她是否有换洗的衣服。

她很蒙，“我自己洗了。”

阿姨很蒙。

梁时镇给她发信息，问她醒了没有，她跟他说了这件事。

“然后呢？”梁时镇在那边问。

“我就把我洗过的衣服又给她了，她很疑惑地走了。”

他笑出了声。

梁时镇说酒店会提供早餐，但是她睡过头了。陈言刚打算泡房间里的泡面时，有人敲门来送外卖。

是梁时镇给她点的。还点了很多，看起来都很好吃，她就着这些外卖，开了直播。

她吃完之后看了一会儿电视，后来在床上睡着了，这一觉睡到了下午六点钟，天已经灰了，她迷迷糊糊的，听到手机在响，就接了。

那边是梁时镇温和好听的声音：“在睡觉吗？给你发信息你没有回复。”

陈言“唔”了一声。

他在那边笑了一下，“我快到酒店了，你收拾一下准备下来吧。”

陈言一下就坐起来了，“好，我马上下去。”

“不着急，我这边有点堵车。”

她下楼的时候，梁时镇已经到了，其实她担心他等她，动作已经非常快了，没想到他比她还快。

梁时镇看到她出门，立刻下车绕过来帮她开车门，还很诧异：“这么快？”

“我怕你等，香香都没搽就下楼了。”

梁时镇扬眉，“香香？”

他这个小动作特别可爱，陈言有点点脸红，“就是搽在脸上的东西。”

他“哦”了一声。

晚上他带她去吃了火锅，因为她之前说过她们家乡没有好吃的火锅。这一顿陈言吃得非常畅快，梁时镇点了很多，她全都吃完了，连旁边站着的服务员都瞠目结舌。

梁时镇倒是知道她素来是大胃王，所以并没有多大的反应，还担心她不够吃，一直要加菜。

相比之下，梁时镇简直只吃了两口。他说自己晚上一般不吃东西，没有什么胃口，看到她吃，才跟着吃了一点。

“你在减肥吗？”陈言问，“你也不胖呀，为什么不吃晚饭？”

“有时候晚上要加班来不及吃。”梁时镇说，“慢慢就没有吃晚饭的习惯了。”

“那你工作很忙吗？”

“现在还好。”

她又问了一些他工作上的事，她觉得自己不够了解他，他也都很耐心地解释了。

陈言能看出来，梁时镇不是高冷，是确实不太爱说话，跟服务员交流也基本上是用音节和手指代替，有时候陈言问他问题，他也会下意识地用“嗯”和摇头

回答，但更多时候都会在“嗯”了之后，隔几秒再耐心地用言语跟她解释。而且可能因为她说了很多话，梁时镇才不得不开口跟她交谈。

吃完饭之后梁时镇还带她去看了电影，IMAX的，她以前都没看过巨幕，她们市里的电影院就是普通3D，她一直在小声说：这个效果好赞。

看完电影之后，梁时镇带她去吃了甜品，然后送她回酒店，到门口的时候，他帮她解开安全带，说：“你等一下。”

他转身从后座上拿过一堆袋子递给她，“这是我中午休息的时候去附近商场给你挑的，我觉得你应该会喜欢。”

陈言不想要，“我有衣服的。”

“第一次见面，作为你的粉丝，给你送的见面礼，你不能不要。”梁时镇说，“你快上去吧，我的车不能停太久。”

后面的车在按喇叭，陈言只能接过那一堆袋子。

“我明天下午提前下班，然后带你去看房子。”梁时镇跟她说自己的安排，“周末带你去迪士尼玩。”

一说到玩，陈言又兴奋了，“好！”

“嗯，那晚安。”

“晚安。”

陈言走进酒店，经过大厅的时候听到有客人在付款，前台说：“930，请问是现金还是刷卡？”

她被吓到了，在电梯里就马上给梁时镇打电话，问：“我住这个酒店，900多块吗？”

梁时镇在那边疑问地“嗯”了一声，隔了两秒，才问：“我没注意，怎么了？”

“太贵了，我住不起。”陈言实话实说道。

之前梁时镇给她的几万块被她爸拿走了，她带出来的钱，也就是之前攒的工资，只有6000块。按照这个标准的话，她在江北住不到一个星期，就得卷铺盖走人了。

“要多少钱？8000吗？”她刚刚在电梯上听到有人说这里的总统套房要

8000块。

“没那么贵。”梁时镇说。

她松了一口气，“不是8000就好，如果你给我订8000块的酒店，我立刻从房间窗口跳下楼。”

“没关系的。”梁时镇在那边温言软语地安慰她，“这个酒店是我客户开的，他之前有送我一些券，用券的话都不到300块。”

陈言虽然笨，但也不至于到傻白甜的地步。她出了电梯，刚好看到她房间对门的人出来，就拦住人家问了一声：“先生你好，打扰了，我想问一下，我们这个套间是多少钱一晚上？”

对方西装革履，看起来并不是很想理她的样子。

陈言又换了个问题：“有券可以打折吗？”

那人笑了一下，有些轻蔑地说：“这个酒店从来不送券的，要不就是免费,要不就是正价。你住的那一间大概1800吧。”

陈言简直都要跳起来了，“梁时镇！”

男人在那边也听到了这边的对话，一时有些失笑，“怎么了？”

他还问怎么了吗？

“我不想住那么贵的。”陈言说，“我没钱。”

对面的人用奇怪的眼光看着正在打电话的她，她立刻刷卡进门了。

“好，我知道了。”梁时镇依旧好脾气地说，“先将就几天，周末找到房子就搬出去。”

这能算是将就吗？

挂了电话，陈言就把钱转给梁时镇了，她转了2400，又说：之前欠你的几万块，我一定会还的！

梁时镇在那边收了钱，说：好，我不着急。

他这么说，陈言心安了很多，至少他承认那些钱是借，而不是给。

陈言洗了澡，躺到床上之后，一想到这是1800一晚的床，就怎么也睡不着了。

睁着眼到了第二天，她想着毕竟给了钱，又掐点去吃了个早餐，早餐是自助的，特别丰盛，她吃了一个小时，直到食物撑到嗓子眼才走。

她回房收拾了一下，梁时镇给她打电话后，她立刻就背着包下楼退房了。

出来梁时镇看到她背着个大包，微微一愣，问怎么了。

“不是去看房子吗？”陈言说，“我先退房了，这边超过下午两点就又算一天的钱了，好浪费呀。”

梁时镇莞尔，“包先放车上。”

“好哇。”

但是租房并没有她想象中的容易。

按照陈言的要求和预算，梁时镇提前预约了好几个适合的房子，去之前梁时镇给她看照片，她都很喜欢，但去了之后，却各种不合适。

其实要说环境，她觉得都还好，但是梁时镇很不满意，房东很恼火地说：“3000块的价格，你想住皇宫不成？”

梁时镇直接就拉她出门了。

“你做吃播的，需要一个相对安静的环境，那个墙都掉漆了，怎么能住？”梁时镇说。

他把价格提高到4000多，环境是好很多了，但不是合租的舍友太奇葩，便是房东要求太高。

都被梁时镇一一否决了。

两人一直看到七点多，都没挑到合适的。

“我走不动了。”陈言说，“我饿了，我们去吃饭吧，我请你吃！今天平台给我打款了！”

虽然才1000多，但也可以吃顿好的了。

梁时镇没有拒绝，“好。”

“你想吃什么？”

“日料？”梁时镇说。

“好哇。”陈言眼睛一亮，“就去吃你之前发过朋友圈的那一家。”

“好。”

她一直没有吃过什么好吃的日料，她觉得家乡市里的那几家都蛮好吃的，直到梁时镇给她空运了一些寿司，她才知道什么叫真正的美味。

今天梁时镇带她去的，是一家正宗的日本料理店，连厨师都是清一色的日本人，陈言只尝了一口，眼泪就立刻要掉下来了。

“太好吃了吧。”她小声又激动地捏着拳头说，“我爱死江北了。”

梁时镇喝着茶望着她，表情也很惬意，“你喜欢就好。”

接着又多给她点了一些。

基本上菜单上打了推荐标记的，他都点了，一桌子摆得满满当当的，陈言觉得自己太幸福了。

“等我找到住的地方，我也要买这里的寿司回去吃，做直播。”

“他们家可以点外卖，不过，送达会有点久，你要提前点。”

吃完所有东西之后，陈言舒服地伸了个懒腰。

梁时镇问她还需不需要点点什么，她马上摆手：“吃饱了吃饱了。”

梁时镇“嗯”了一声，刚要站起来，陈言更快一步地跳起来按住他，“我来买单！”

梁时镇没有反抗，“嗯”了一声。

陈言拿着账单去付款，她预计这一餐要上千，所以拿了两张卡出来，结果打单出来之后，发现才500多。

陈言有点惊讶，“500吗？可是我们吃了很多呀。”

“今天星期五是会员日，打八折哦，梁先生是我们的会员。”

哦，原来是这样。

陈言付了钱，和梁时镇一起出了店门。

“时间还早。”梁时镇看了一眼手表，“去看电影吗？”

“我看不下去。”陈言老实说，“我房子还没找到，我今晚没地方住了。”

“住酒店啊。”梁时镇说得理所当然，“房子哪里是能一天就找到的？”

陈言心里说，刚刚好几个房子她都蛮满意的，都是可以拎包入住的，但被你否决了。

“那就去住酒店吧。”虽然酒店很烧钱，“去这个。”陈言把手机给他看，“我自己在网上预定的，你送我过去就好啦。”

梁时镇只看了一眼就皱眉了，“不去。”

陈言问号脸，“啊？”

“这个酒店很老旧，不安全。”梁时镇说，“回昨晚的酒店。”

陈言都没脾气了，“我没钱呀。”

“我有。”

“……”

梁时镇看了看她的表情，补了一句：“我借给你。”

看陈言不为所动，又提议：“或者你去我家住，我回公司，我在公司有休息室。”

“那怎么行？”陈言把头都快摇断了，坚持说：“就去我订的这一间。”

梁时镇望着她，似乎微微叹了口气，“真拿你没办法。”

梁时镇驱车送她到她订的那家酒店，还蛮远的，开车二十分钟，梁时镇说这边是老城区，平时很少有人过来，路上的路灯都忽明忽暗。

到了手机上显示的地址后，并没看到酒店的招牌，又绕了一圈，才在小路尽头发现了酒店。

“这里？”梁时镇问。

“好像是的。”

陈言背着包下车了，梁时镇也跟着下来了。

“我自己进去就可以了。”陈言说，“你快回去吧，这么晚了都。”

主要是这个酒店太老旧了，她打心眼里觉得梁时镇不适合走进去，多看一眼都会脏了他的眼球似的。

“没事。”梁时镇帮她接过包，“我送你进去。”

陈言没办法，只能跟着他一起进了那家破破烂烂的酒店。

办理入住的时候，梁时镇一直抬头在看前台后面墙壁上的挂钟，看了一会儿，偏头小声问她：“那个钟是不是坏的？”

陈言看了一眼，没忍住，“扑哧”一声笑了出来，“那个是假的。”

“假的？”梁时镇大为震惊，“那个钟是假的吗？”

“嗯。”她对于自己知道这点，还蛮骄傲似的，“我们镇上的那个酒店也是这样的。”

前台的小姐姐把房卡和身份证一起给她，“801，明天下午两点前退房。”

梁时镇把自己的身份证也拿出来递给前台，“帮我也开一间，她隔壁。”

陈言一愣，“你干吗？”

前台已经把他的身份证拿过去了，“300，一百块押金。”

梁时镇把银行卡也递过去。

“你要住这里？”陈言的震惊不小于他刚刚发现挂钟是假的的震惊。

“嗯。”梁时镇说。

“你别闹了，你快回家。”陈言恨不得把他打晕拖走。

“没事。”梁时镇接过前台的门卡，“上去。”

“你为什么要跟我住这里啊？”

“我担心你。”

“真不用。”

但是梁时镇铁了心，还说方便明天一起出去玩。

陈言还想劝他，但是对方已经拉着她往电梯走了。

这家酒店就两台电梯，其中一台还坏了，两人等了好半天，电梯门才打开。里面有两个看起来是情侣的人，站得很近，女人有些衣衫不整，看到电梯门口有人，女人一边扯了扯衣服，一边盯着梁时镇，眼神很暧昧。

他们先等电梯里面的人出来，才进了电梯。就在电梯门合上的瞬间，刚刚的女人回头冲梁时镇扔了一张小卡片，直飞向他的胸口，梁时镇偏身躲开了。

陈言一脸疑问地俯身要去捡那张卡片，看看是什么东西，被梁时镇拉住了，“是垃圾。”

陈言就没去捡。

出了电梯就是他们俩的房间，梁时镇看着她刷卡进去之后，才进了自己的房间。

房内设备有点陈旧，而且有一股奇怪的味道，和她之前住的比起来，那真是贫民窟和城堡的差距。

她放下东西，刚想去洗澡，手机就收到梁时镇发来的信息，他问：台灯开关在哪？

陈言拍了她这边开关位置的照片发了过去。

过了一会儿，他又说：空调打不开。

大概是怕她嫌他烦，还解释了一句：前台电话打不通。

陈言过去敲他的门，梁时镇先是开了一条门缝，看到是她，才解开安全锁，让她进来。

他这警惕的模样，有点好笑。

陈言进屋帮他把空调开了，又很不放心地问："你真的要住这吗？"

梁时镇又是一声"嗯"。

他送陈言出门的时候，陈言看到他手上有好几个大包，吓了一跳，"你的手怎么了？"

"蚊子。"梁时镇说。

"有电蚊香啊。"

"没有用。"

陈言完全败下阵来，"别住了，去你家吧。"

梁时镇看着她，不动声色地点点头，"好。"

去梁时镇家的路上，陈言还在懊恼，早点妥协多好，搞得现在又浪费600块钱。

梁时镇的家在一个看起来很高档的小区，他开车进了停车场，下车就是电梯，直达他家。电梯宽阔明亮，镜面铮亮，和刚刚的酒店形成鲜明的对比。

出了电梯，梁时镇用指纹开了门，然后带她进屋开了灯。

进屋后，陈言越发觉得没有让他在刚刚那家酒店过夜是救了他一命。

他家很大，装修很简洁，玄关鞋柜上摆着她送的那朵永生花。即使显得格格不入，也被放得端端正正。

梁时镇从鞋柜拿出一双粉红色的猫咪拖鞋给她，“之前给你买的。”

“谢谢。”

“你住楼上，二楼主卧里有独立浴室，我让阿姨打扫过了，洗漱用具都准备好了。”

“好。”毕竟是第一次来男生家里，她稍微有些拘谨。

梁时镇似乎还想说什么，但是看了看她，最后只说了一句：“你上去休息吧。”

“好。”陈言背着包往楼梯跑，跑到一半，又回头看他，“明天我继续去看房子。”

梁时镇“嗯”了一声。

“我自己去。”她说。

梁时镇微微皱眉，他下意识地拒绝，“你不熟悉这里。”

“有地铁，去哪都很方便的。”陈言说，虽然她没坐过地铁，但是她可以上网查。

“我明天没什么事，可以陪你去。”梁时镇很耐心地说，“陈言，你不要怕麻烦我，我很乐意帮你。”

她咬着下唇，很犹豫。

“我们不是朋友吗？”

于是她又一次妥协了。

二楼的卧室很大，床都有两米宽，床头摆了一排娃娃，甚至有一个衣帽间，连着浴室，浴室里还有一个漂亮的浴缸。

看起来就像富家女的房间，陈言爱死这个房间了。

她放下书包就先进浴室了，进浴室之前要穿过衣帽间，里面有好多套衣服，一看全挂有吊牌，衣帽间里有一个梳妆台，上面也摆满了护肤品、化妆品。

她给梁时镇发信息：我可以泡澡吗？

梁时镇马上回复了她：当然可以，东西随便你用。

隔了一会儿又说：楼下厨房有吃的，你如果不想下来，跟我说一声，我拿上去

放你门口。

陈言马上说：我自己下去拿。

她不饿，但是如果她楼都不下，就显得太过防备了。毕竟都住别人家了，还这样会伤他的心。

陈言泡在浴缸里，想了想还是给他发了一条信息，说：我不是怕你是坏人，我只是怕自己麻烦你。

梁时镇给她回复说：你对我来说不算是麻烦，一开始也是我叫你来江北的啊。

陈言觉得一下子眼睛有些发烫。

梁时镇是这个世界上在她奶奶之后，第二个对她这么好的人。

她真觉得自己配不上这些好。

她洗完澡就在床上趴着睡觉了，这个床格外舒服，她没想到自己躺下就睡着了，再睁眼的时候天都亮了。

因为趴着睡了一晚，她有些胸闷。

陈言洗漱完换了衣服下楼的时候，梁时镇已经起了，正在厨房做早饭。

陈言诧异于他熟练的动作，“你居然会下厨？”

“才学的。”梁时镇说，“早，睡得舒服吗？”

“很舒服！”陈言伸了个懒腰，“这个床真是我这辈子睡过的最舒服的床了。”

梁时镇微微一笑，“不如就住下来，我收你房租。”

“不要。”陈言想也没想就拒绝了。

梁时镇倒也没再说什么。

早餐很丰盛，香甜的小米粥，配菜是清蒸春笋和手拍黄瓜，还有虾饺。

陈言一边吃着，一边给梁时镇竖大拇指，“简直太好吃了！”

看她吃饭，梁时镇的表情总是很舒适很满足，“你喜欢就好。”

隔了一会儿，才又邀功似的说：“我也是最近才开始学的。”

“啊？”陈言微微睁大了眼睛，“才学就能做得这么好吗？”

“因为很简单。”他说，“有食谱，看一遍就会。”

“老天爷。”陈言对他佩服得五体投地，“我虽然是做吃播的，但下厨对我来说，真的太难了。”

她也不是不会做，但是总是觉得味道不太好。所以一般她直播吃自己做的东西时，观看率都很低。

东西不好吃就是不好吃，骗不了人的。

梁时镇又只吃了几口就放下了碗筷，“你有空过来我这边做直播，我给你做好吃的。”

这个陈言倒是完全没法拒绝，一口答应了。

早餐陈言一般都吃得很慢，因为胃口还没完全打开，梁时镇坐在她对面等着，被她吃东西的样子勾起了一点食欲，后来又提筷吃了几口。

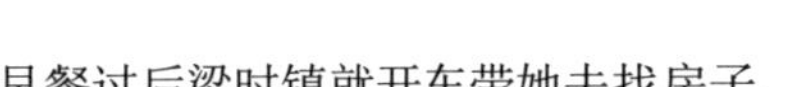

早餐过后梁时镇就开车带她去找房子。

他略过了那些陈言先前想去看的房子，直接带她去了一个小区。那间是他一个朋友的妹妹的房子，那个妹妹还在读书，很少住这房子，所以想找个合租的。

因为也算是认识的人，省去了很多不必要的麻烦。

梁时镇陪她一同上去的，屋里只有房东妹妹一个人，领他们进去的时候，妹妹还蛮不好意思的，“家里很乱，我没收拾。”

她看了一圈。房子不算大，但是装修很温馨，采光也很好。

“这是你以后的房间。”妹妹带他们去看卧室，“里面都是我的东西，我还没收走。”

“我觉得挺好的。”陈言下意识地望向梁时镇，只有他点头了，她才能租。

“可以。”梁时镇简直是破天荒地没有皱眉，“乱了点。”

房租什么的之前也已经谈好了，别的倒也没什么，房东妹妹很好说话。

“就是我收拾这些东西可能要几天，你能不能等我收拾好了再搬进来？”

陈言都还没开口，梁时镇就点头说可以。这样她又得在梁时镇家住几天了。

看完房子之后梁时镇带她去了游乐场，到底是小孩子心性，陈言几乎疯玩了一天，天黑还不舍得走，于是梁时镇又给她买了晚场的票。

晚上有花车巡演，还有烟火秀，美得陈言都不舍得走了。

回去的时候陈言还趴在车窗上往外看，问："以后还能来吗？"

梁时镇莞尔，"当然可以。"

到家已经十一点了，陈言很饿，梁时镇提前给她叫了外卖，点了很多，陈言就一边吃夜宵，一边开了直播。

梁时镇在她对面看着。

这倒是她第一次直播的时候旁边有人，梁时镇坐下之前问她，自己可不可以在她旁边，她说不要紧。按理说应该会紧张，但因为那个人是梁时镇，所以她很自在。

今晚的食物很诱人，环境和灯光恰到好处，陈言也是真的饿了，所以晚上的直播很顺利，她打上了江北夜宵的tag，吸引了很多路人进来，都在问她吃的是哪一家。

第二天，梁时镇又带她出去玩了。

陈言其实心里一直蛮过意不去的，觉得挺麻烦梁时镇，又担心他带自己出去玩浪费他的时间，毕竟这几天他都把时间留给她了。

但是让她开口拒绝，她又说不出来，一是她觉得即便说了她可以自己出去，梁时镇也不会同意，二是她也很喜欢和梁时镇待在一起。

晚上，梁时镇问她想吃什么，陈言觉得天天在外面吃很破费，他们中午就吃了600多块，几口肉就600块把她吓到了，所以她说想回家吃。又担心梁时镇给她点外卖，忙补了一句："在家随便弄点吃的就好。"

梁时镇"嗯"了一声，直接把她带到了超市，买了满满一个购物车的食材拎回家。这阵势大得像是要做七八人份的菜。

回去的路上，他一直在跟她报菜谱。

"做一个红酒炖牛腩、一个松鼠鳜鱼、酸辣娃娃菜，再做一个蘑菇汤，海蛎煎和葱姜巧烹蛏你喜欢哪一个？"

这些菜她一个都没听过，包括他刚刚买的那些食材，她也都没见过，虽然听起来都很好吃，但是……“我们吃不完那么多吧？”陈言小心翼翼地说，“就一两个菜，简简单单就好了嘛。”

梁时镇微微一顿，说：“可是我想吃。”

陈言好想说：哪次吃饭不是我一个人吃了十分之九的量，你就是动动筷子试一下味道罢了，你还说想吃呢！

梁时镇似乎听到了她心中的心声，笑了一下，“只有一两个菜的话，我没有胃口的。”

那好吧，陈言真的怕他不吃饭，他的食量真的是太小了，小得陈言都好奇，他到底是吃什么长这么高这么大的？

难道是神仙吗？喝露水？

晚餐太精致了，并不适合直播，她坐在梁时镇对面，认真地进食。

梁时镇做的东西，跟他这个人一样，高雅、清冷、没有烟火气息。

对，没有烟火气息，这些食物，看起来都像是从高级餐厅里打包回来的。

但是陈言却吃得挺开心的，她本身对食物要求就不高，再说烟火气息的食物，诸如红烧肉、锅包肉、爆炒腰花这些乡下经常吃的菜式，她吃了十九年也腻了。

最后自然是免不了一顿称赞，对她的称赞，梁时镇倒没什么表情，只是一如既往地说了一句“你喜欢就好”。

第二天早上陈言起来的时候，梁时镇已经去上班了。

厨房锅里还温着食物，冰箱上贴着便利贴，是梁时镇凌厉的字迹：切好的水果和牛奶今天记得吃完。

手机里还有他的微信消息：中午可以叫外卖，冰箱里也有食材。

陈言回复他：好。

隔了一会儿，她又说：我今天想自己出去逛逛。

梁时镇：好。

陈言出门的时候，在电梯里遇到了一个漂亮女人，穿着细高跟鞋、吊带裙，

大波浪，妆容精致。

陈言望着电梯镜子里穿着圆领T恤、牛仔裤、回力鞋，扎矮马尾的自己，忽然生出了一点点从未有过的情绪。

她想起这几天自己和梁时镇出门，他那样的人，自然是走到哪都吸引别人视线的，帅气、高大、白皙，有气质，穿着也不普通。和她站一起的时候，其实真的非常格格不入。

她之前没有感觉，或者说感觉到了但是没有深思，现在想来，别人看她的眼神，大概跟她之前在家乡看到一个又矮又黑的老男人去广东打工带回来一个漂亮的老婆是一样的吧。

那时候她朋友用肯定的语气说："那个美女绝对是瞎了眼。"

实际上那个美女真的是盲人。

但梁时镇不是。

她觉得自己这两天真的有够给梁时镇丢人的。

电梯到一楼后，美女先出去了，她没有出去，又坐电梯回了梁时镇家，在衣橱间站了好久，然后换上了一件梁时镇给她买的连衣裙。

她本来还担心自己撑不起这么漂亮的衣服，因为她太瘦了，结果上身效果还不错，这稍微给了她一点自信。然后她把低马尾放了下来想披散着头发，结果发尾被头绳勒出印子了，显得很奇怪，她干脆又扎了回去。

这次她扎高了一点，才显得不那么土了。

本来还想化个妆的，但是那些瓶瓶罐罐她搞不懂，怕弄错，干脆放弃了，只画了个口红。

出门后，她在小区外面看到一间理发店，她也不知道自己怎么了，推门就进去了，等回过神的时候，她头上已经挂满了东西。

梁时镇给她发信息，问她去哪玩了，陈言说自己在做头发，那边就回了一串省略号。

她在那里坐了五个小时，饥肠辘辘，等设备从头上取下来的时候，她望着镜子中的自己，无比后悔。

她发量太多了，烫卷了之后，头发蓬起来，显得脑袋特别大。

设计师还在旁边无脑夸，一直在说，这样就时尚很多了。

“时尚”这个词稍微安慰了她。

然后设计师拿着账单给她过目，她只看了一眼，就差点跳起来，“3800？！”

设计师似乎翻了一个白眼，“给您打过折了。”

“刚刚不是说是300多吗？”

“300多是烫的价格，加上药水和护理，就是3800，给您用的是最好的药水，这种药水不伤头发的，护理的药水也是最好的，您的头发很毛躁。您刷卡还是手机支付？”

陈言的内心是崩溃的，她肯定是被坑了。

她一边把牙齿打碎了往肚子里吞，一边付了钱。

她没心情去玩了，走在马路上，看到反光玻璃里头重脚轻的人，就想杀了自己。

陈言蔫不拉唧地回了家，感觉浑身都没有力气，她躺在沙发上，又担心把头发压瘪，只好把脑袋放到沙发外面。

梁时镇回家的时候，被她吓了一跳。

“你头发怎么了？”

陈言坐起来，很不安地捋了捋，“我做头发了。”

一说到这个，她就心口发疼，马上就要哭出来了，“3800，居然要3800。”

梁时镇微微一愣，然后笑了。

“好看吗？”陈言又可怜巴巴地问。

“你要听真话吗？”梁时镇说。

一听到这句话，陈言就感到不妙，“真话。”

“过于成熟了，不适合你。”诛心之言。她没忍住，眼眶都红了，“3800啊。”

梁时镇给她递纸巾，淡淡地安慰她道：“钱还会赚回来的。”

倒是借他吉言，当晚陈言就收到了一个人的私信，说要商务合作。

她有广告了。

陈言担心她的粉丝们不能接受，纠结了好久，梁时镇一顿安慰：“内容不是

太硬，其实都还可以。”

对方倒也好说，只是给她寄产品，她做直播的时候试吃就行，不需要提产品的名称什么的，看起来就跟她自己买来吃的一样。

是非常软的广告了。而且对方开价也不低，她粉丝那么少，对方还给了那么多钱。

陈言接了。

食物正好也是她喜欢吃的东西。

因为是给钱的广告，所以晚上她直播的时候吃得格外开心，播完广告方就直接给她打钱了，她更开心了。

她把银行卡直接给了梁时镇，他刚刚洗完澡出来找水喝，头发还湿漉漉的，脖子上挂着毛巾，因为没戴眼镜，眼睛微微眯着，整个人看起来有点呆，有点可爱。

不知道为什么，陈言有点心跳加速。

好想……揉他脑袋。

“什么？”他接过银行卡看了一眼。

“我的广告费。”陈言说，“还你的钱，以后我再有广告，也是直接打到这卡上的。”

梁时镇没有说什么，看了她一眼，“嗯”了一声就收下了卡。

陈言更开心了。

睡觉前，陈言再次给那个房东妹妹发了信息，问自己明天是否可以搬过去。

那边隔了好久才回复说：好啦，你明天搬过来吧。

陈言觉得最近自己运气还蛮好。

她给梁时镇发信息说，自己明天可以搬过去了，他没有回复，陈言抓着手机在等，没等到回复，倒是听到了“咚咚”两声敲门声。

这两声简直敲到她心坎上了，陈言又开始心跳加速，她蹦下床，飞快地跑过去开了门。

这几天梁时镇都没上过二楼，更别提来敲她房门了，因此，陈言是既意外又紧张。

梁时镇站在门外，门开了，先是看了一眼她的脚，皱眉道：“怎么不穿鞋？”然后抬头看她，“明天就搬过去了吗？”

“嗯。”陈言说，“她说可以。”

“我送你过去。”

“不用不用，你明天要上班，我自己坐地铁过去也很快的！”

“我送你。”梁时镇说，“中午休息的时候，我回来接你，有行李，地铁不方便。”

陈言就没有再拒绝。

跟他待得越久，就越发习惯他对自己的照顾，这挺不好的，所以她想早点搬出去。

第二天起来的时候，梁时镇已经出门去上班了。

陈言自己在家收拾东西，整理完才发现自己装了满箱的东西，都是梁时镇给她买的，她觉得太羞愧了。

但是既然她都穿过了，不带走留在这，岂不是更奇怪？

中午梁时镇提前回来了，还提着环保袋，里面装满了食材，看样子是准备做饭。

“吃过再走？”梁时镇询问她。

虽然是询问，但他进门就已经先去厨房把饭煲上了，陈言只好点头。

梁时镇的动作相当快，一下子就弄出来四菜一汤，陈言吃得干干净净。

午餐之后，梁时镇送她过去，到之前她给房东发了信息，对方说在家，按门铃的时候，却是一个没穿上衣的男人来开的门。

陈言还没反应过来，就被梁时镇捂着眼睛往身后带，接着她听到梁时镇问：“周葵在家吗？”

周葵是她的房东。

“在的。”开门的人似乎还没睡醒，声音有点迷糊，“她在睡觉，我去叫她。”

等男人返回屋内之后，梁时镇才松手。

他脸色有点不太好看，但没有多说什么，提着她的行李箱进屋了。

周葵很快就出来了，头发乱糟糟的，有点不好意思地说：“刚刚在睡觉，房间已经给你收拾好啦。”

刚刚那个男生也跟出来了，已经穿好了衣服，周葵介绍了一下，“我男朋友。”

“他也住这吗？”梁时镇问。

“不是，只是有时候过来找我玩而已。”周葵说，“你放心。”

陈言把行李箱放好之后送梁时镇下楼，他还得回去上班，走之前还说“如果住得不开心就搬回去”。

陈言答应了，他才离开。

她送完梁时镇，回到客厅的时候，周葵和她的男朋友窝在沙发上看电影，你一口我一口地吃着苹果，好不甜蜜。

她也不好意思打扰人家，就回了自己房间。

收拾了一下，看到梁时镇给她发信息，问她在做什么。

她躺在床上回复：收拾东西。

梁时镇又问她：晚上一起吃饭？

陈言答应了。

她放下手机，想的是自己终于要开始新生活了，她要在这个城市立足，努力赚钱，把钱还给梁时镇。

想到那个玉一样的男人，她觉得自己充满了动力。

晚上梁时镇下了班就直接过来找她了。

他在电话里说到了的时候，陈言以为他是到楼下了，慌慌张张穿了鞋出去，打开门就看到他在门口。

陈言一只鞋还没穿好，看到他立刻边蹦边穿鞋，梁时镇扶了她一下，“先穿好鞋。”

她弯下腰穿鞋，背包的带子随着她弯腰的弧度往下掉，梁时镇帮她提了起来。

梁时镇带她去吃了好吃的牛排，还喝了点红酒，她很少喝酒，只喝了半杯就觉得有点头晕。以至于出来的时候，梁时镇揽着她的腰，她才走得动。

梁时镇没有立即送她回家，两人沿着外滩散步，风吹得陈言走不动道。

“我走不动了。”陈言蹲下不愿意再走了，语气里难得带了点撒娇的味道。

梁时镇摸了摸她的脑袋，跟着她一起蹲下，歪着脑袋问她：“我背你？”

陈言看了他好久，才很高兴地点点头，“好哇！”

于是梁时镇就在她面前蹲下了，喝醉了的陈言稍微大胆了一点，直接就扑上去了。梁时镇顿了顿，而后稳稳地站起来，背着她往前走。

陈言下巴磕在他的肩膀上，摇摇晃晃的，好几次嘴唇都擦过他的耳垂。

“陈言？”梁时镇叫她。

陈言“嗯”了一声。

“今晚去我那边？”

陈言似乎想了想，然后摇头，“不要，我害羞。”

梁时镇似乎笑了一下，“为什么害羞？不是住过几天？”

陈言嘟囔了几句，他没听清。

过了一会儿，陈言又问他：“梁时镇，你对我真好，你为什么对我那么好？”

“因为我是你的粉丝啊。”

“我也有很多别的粉丝，他们都没有像你这样对我好。”

梁时镇沉默了一下，又往前走了一会儿，才轻声说：“因为我喜欢你啊。”

这句话陈言好像没有听见，因为他偏头的时候，看见陈言歪着脑袋闭着眼睛微张着嘴睡着了。

梁时镇送她回了家，刚给她脱了鞋盖上被子，周葵就跟过来了，问他：“你怎么不带回去？”

梁时镇看了一眼陈言，确定对方睡得很熟，然后才递给周葵一个“不要乱说话”的眼神。

他带上门，周葵跟着他一起出来，又问：“你上次说她一般几点直播来着？”

“晚上十点到十一点。”梁时镇说。

周葵比了一个“OK”的手势。

梁时镇看了看她，最终也只是说了“别太过分”四个字。

早上陈言是被一阵奇怪的声音吵醒的，好像是从周葵房间里传出来的。

她卷着被子想再眯一会儿，但那声音越来越高，她根本睡不着了。

翻出手机看到梁时镇给她发的信息，才想起昨晚发生的事，她喝多了，梁时镇背她回来的。

记忆全涌上来，梁时镇说了喜欢她。

一时间，陈言的心跳都乱了。

他之前不是说过，不喜欢她的吗？

这男人到底哪句话才是真的？

陈言在房间洗漱完换了衣服，打算去菜市场买点食材做晚上吃播的东西，一出房门就看到一个只下半身围着浴巾的男人在客厅走来走去，她被吓了一跳。

周葵连忙把人推回房间，不好意思地跟她说：“不知道你醒了。”

她男朋友虽然说不在这里过夜，但是每天白天都过来找她玩，还真的是挺不方便的。而且他们都好开放，就算陈言还在厨房捣鼓食物，他们也可以在客厅旁若无人地接吻，那声音听得陈言面红耳赤。

她几乎是逃出了家门。

小区附近就有一个很大的菜市场，早上市场里人头攒动，食材新鲜多样，以前好多菜她都不认识，只能拍照问梁时镇，梁时镇不仅会第一时间回复，还会顺道给她发食谱。

今天她没有给他发信息，不仅没有发，连早上的信息她都没有回。

她太心慌了。

她买了菜回家，周葵和她男朋友还在屋里，两人点了外卖，正你一口我一口地喂着彼此。

谈恋爱都得这样的话，陈言觉得好累哦。

如果和梁时镇谈恋爱的话，肯定不会做这么黏糊的事，他这么正经少话的人，就算是亲嘴也……陈言一下子就脸红了。

她在想什么啊！！！简直是在亵渎男神！

她拿起菜刀，咚咚咚地开始切菜。

梁时镇的那句喜欢，仿佛在她心里埋下了一颗种子。

以往她对梁时镇，完全不敢有任何想法，虽然喜欢他，但是她都能克制着让那种好感停留在欣赏和朋友的层面。一来，梁时镇没有对她有过过界的行为；二来，他也说过不喜欢她。

而且他这个人，看着就不像是会喜欢人的人，他就像展览柜里泛着幽幽冷光的高贵宝石，只等着别人去瞻仰爱慕。

宝石又怎么会喜欢上别人呢？

有时候陈言也会觉得费解，他这种人，为什么会成为她的粉丝？他不像是会粉别人的人，她也想象不到他会粉哪种人，但总归不会是她这种就对了。

更别提会喜欢上她。她哪里配了？

她没有回梁时镇的信息，梁时镇也没有再给她发了。

一整天，都没有给她发信息。

陈言挺生气的，也不知道自己在气什么，就是觉得男人都挺烦的。恰好周葵男朋友进厨房喝水，看到她在做吃的，凑过来问了一声："在弄什么好吃的？"她没回答，还狠狠地瞪了他一眼。

男人愣了一下，然后沉默着回了房间，委屈巴巴地跟周葵哭诉："她瞪我，她居然瞪我，她好凶。"

周葵哭笑不得，放下手机冲他伸手，"过来，老婆抱抱。"

安抚完男朋友，周葵给梁时镇回信息：她早就醒了呀，都去菜市场回来了。

梁时镇回了一串省略号过来，然后说：那就是不想回我信息了。

周葵问：昨晚你们干吗了？

梁时镇：没，吃完饭就去散步，她喝了酒走不动，我背她。

周葵：听着没什么问题呀。

梁时镇：我昨晚说了喜欢她。

周葵发了三个感叹号。

梁时镇：但是她喝多了，我不确定她记不记得，而且昨晚我说的时候，她已经睡着了。

周葵：即便听到了，也不会不理你吧？

梁时镇很冷静地分析：如果她不喜欢我，听到了的话，可能会觉得困扰吧？

周葵安慰他：兄弟别难过，慢慢来。

梁时镇：算了，我就当她的小粉丝也挺好的。

周葵忍不住叹气。

爱情真是让人卑微。

晚上陈言直播的时候，她一眼就看到梁时镇进了直播间，还给她刷了不少礼物。

她没有吭声，埋头就开始吃。

吃到一半的时候，隔壁房间又传出了声响。

陈言皱了皱眉。

她直播之前跟周葵打过招呼，对方说保证不会影响她，会小声行事的，对比早上的动静，也确实小了很多。但是陈言的吃播属于ASMR[3]，需要绝对安静的直播环境，有一丁点儿别的声音都会影响到她。

陈言忍耐着，加快了吃东西的速度，提前结束了直播。

她在伸手关闭直播的瞬间，瞄到了两行弹幕，然后呆住。

——噗，小姐姐是真的听不出来那是啥声音吗？

——绝了，ASMR吃播里有这种声音。

——是小姐姐合租的舍友吧？还是故意的？在看片？

陈言脑袋轰的一声炸开了。她之前没有意识到，现在想来，这确实跟闺密之前给她看过的片段里的声音很像。

没多久，平台的管理员来找她，这种情况算是直播事故了。

直播视频删了，她被禁播一个星期。

3 一种新型的直播方式，通过特殊设备（3D效果麦克风）模拟在听众耳边耳语、按摩、掏耳朵、吃东西等动作发声，以及通过户外自然声和白噪音等细微声音，帮助听众加强知觉经络反应，放松压力，减轻焦虑。

陈言要疯了。

虽然直播不赚什么钱，但每天那百来块的打赏确实是她现在唯一的收入了。

之后周葵跟她道歉了，也保证不会再在她直播的时候发出声音。意思是在直播时间之外，他们还是会发出声音？

陈言崩溃了。

明白了他们平时在房间里做的事之后，陈言已经没法再直视这对小情侣了，也根本不敢正眼看那个男人。

这样实在是太不方便了。

这种不方便，在周葵带了另一个男人回来时达到了顶峰。

陈言以为只是她的朋友，结果他们进房间之后，又发出了奇怪的声音，陈言要疯了。前一天她和那个男朋友还好好的，怎么今天说换就换了啊？

随后，隔了一天，原来的那个男朋友又回来了。

陈言感觉自己的三观被粉碎了。

城里人的日子过得真是，花里胡哨的。

她想搬出去，跟周葵说了后，对方“啊”了一声，很警觉地说“你要是搬出去的话，房租我没办法退给你哦。”

押三付一的房租，她又舍不得。

这一星期陈言没有直播，就窝在家写计划看食谱。

梁时镇没给她发过信息，但是直播间挂了公告，他应该知道了。

一想到那天梁时镇也听到了那些动静，她的脸就一阵发烫。

她以为梁时镇是这段时间比较忙才没有找她，以往周末他都会约她吃饭，结果那天吃饭的时候，她听到周葵说梁时镇生病了。

“生病了？什么时候病的？严不严重？”

“好像是感冒发烧引起肺炎吧，住院了几天，这两天在家里休养。”

陈言一边担心，一边又很生气，都生病严重到住院了，他也没跟自己说一声，他有把她当朋友吗？

虽然很生气，但她还是马上给梁时镇打了电话。

他没接，隔了好久才回信息问她，怎么了？

陈言说：“你生病了吗？我想过去看看你。”

梁时镇说：“一点小毛病，没什么大碍。”

陈言又问：“难道是不方便让我过去吗？”

这句话是周葵教她说的，果然梁时镇马上就说：“没什么不方便的，过来吧。”

陈言在过去的路上去菜市场买了一点水果，到他家的时候，她居然又有点紧张了。

她已经一个星期没有见过他了。

陈言按了门铃，梁时镇很快开了门，他穿着灰色家居服，面色苍白，看起来很虚弱。

他没有戴眼镜，眼睛微微眯着，有点雾茫茫的感觉。

“来了。”他冲她笑了笑，“说了不是什么大病。”

“都这样了，还要强撑吗？”陈言进屋换了鞋，放下水果就过来扶他，“你快回床上休息吧。”

陈言扶着他回了床上。

这也是她第一次进他的房间，仿佛闯入了禁地一样，她有点心跳加速。这就是梁时镇的卧室哎。

装潢跟外面一样简洁大方，但似乎要更清冷一点，屋内都是他的味道，还有很多他生活的痕迹。

桌子上的水杯，笔记本电脑，浴室门口衣篮里换下来的衣服，还有随手放在床头柜上的手机和眼镜。

所有的一切都让她心动。

梁时镇躺下之后，她不知道该干吗，偏偏那人又望着自己，她更手足无措了。

“你肚子饿吗？”陈言问，“吃东西了吗？”

梁时镇摇头，“没有胃口。”

“早上到现在都没有吃吗？”

梁时镇顿了顿，嗯了一声。

事实上是他从生病到现在都没有进食过，没有胃口。陈言没有直播，所以才越拖越严重。

“我给你煮粥好不好？”

“我想吃面。”梁时镇说，“就是你平时经常吃的那种。”

“好啊，那你等等我。”

陈言飞快地去厨房煮面了。

梁时镇的冰箱里，很多食材都变质了，有一棵小白菜，还是她搬出去之前买的，梁时镇居然都没吃。

他难道都没有进过厨房吗？

陈言把坏掉的食物都丢了，给他煮了一碗拉面加了鸡蛋，他说自己吃不完，要跟她一起吃。

陈言只好又去取了个碗来把面分了。

她是真的能吃，即便已经吃过午饭了，这会儿还是把那半碗面都吃掉了。受她带动，梁时镇也勉强吃完了。

陈言很满意，她把碗拿出去洗了，然后又给他倒了水，喂他吃了药。弄完之后梁时镇出了一身的汗。

陈言怕他难受，问他要不要换衣服。

他说想换，又说：“麻烦你去衣柜帮我拿一套衣服。”

陈言本来是想出房间让他自己换的，既然他提了，她自然不好意思把他一个人丢在房间找衣服。她只能到衣橱间去找衣服。

梁时镇的衣橱在磨砂推拉门后，进去后，她被整整齐齐的衣橱间难住了。

挂在外面能看见的，是各式各样的西装、衬衣，以及平时穿的休闲服，像睡衣、家居服这种较为私密的衣服，应该是在隔间或者抽屉里。

她不拉开抽屉的话，是找不到的。

偏偏梁时镇又没有告诉她家居服在哪一个屉子。

她只能试探性地拉开第一个屉子，是围巾。

再往下一格，是领带，再往下一格，陈言拉开五厘米就马上合上了。

是他的内裤。

陈言手心都出汗了。

她接下来的动作就利索多了，很快找到了一套舒适的家居服。她拿出来，问了梁时镇一声："你能自己换吗？"

梁时镇很无奈地看了她一眼，"我没力气……"

陈言顿了顿，小心地看着他："那我帮你换？"

梁时镇挺不好意思地点点头，"麻烦你了。"

"没关系。"陈言说，又像是给自己打气似的，"反正以前我爸喝醉了，我也经常帮他换衣服的。"

梁时镇突然就很想说，我自己来吧。

陈言伸手把梁时镇扶起来，然后像一个要动手术的医生一样举着双手看着他，"我动手了哦。"

梁时镇还真有点紧张了。

陈言望着他，拼命给自己做心理建设：把他当爸爸就好了！

可是那张脸明明就比她爸英俊多了啊。

陈言帮他解开了衣服纽扣，由上往下，一颗一颗，解到最后一颗扣子的时候，她的手背碰到了他的腰腹，硬邦邦的。

陈言感觉自己耳朵要烧起来了。

给他脱了上衣，又拿毛巾给他擦了一下背，再给他穿上，拿起裤子时，梁时镇抓住了她的手腕，"裤子我可以自己来。"

陈言松了口气，"那你自己来。"然后就逃也似的出了卧室。

十分钟后，她来敲门，"梁时镇，你好了吗？"

他在里面嗯了一声。

"我出去买点菜，你冰箱都空了。"陈言隔着门说。

里面安静了几秒，然后梁时镇说："陈言，你进来。"

陈言推开门走进去，“怎么了？”

“我睡不着。”他说，“陪陪我。”

大概是因为生病，他的语气很轻，透露出一股虚弱和央求的味道。

陈言一下子就心软了，“好。”

她走到床前在地毯上盘腿坐下，手肘撑着床沿盯着他，梁时镇侧躺着，睫毛轻颤，“言言。”他叫她。

“怎么了？”

梁时镇似乎没想好要跟她说什么，因此叫了她一声就沉默了。

“我爸前两天联系我了。”陈言主动捞起话题，“跟我要钱，我听了你的话，一分没给。”

她来这里之后，她爸有找过她，她本来不接电话的，后来她爸给她发短信说要报警，她才按照梁时镇教的，告诉他自己到广东打工了。那边的婚事就凉了，她爸大发雷霆，说要来广东拎她回去，后来大概是不知道怎么出门，也就放弃了。

她约定每个月都会定期给他打1000块，有钱拿，他也没再骚扰她，但有时候他想额外多要一点，梁时镇说过不能给，她就没有给。

床上的梁时镇微微一笑，说了声“乖”。

陈言下巴磕在床沿上，问：“你这段时间，很忙吗？”

“生病前几天出差去伦敦了。”梁时镇说。

陈言“哦”了一声，那句“你都没来找我”没有机会说出口。

但是她话匣子被打开就停不下来了，陈言絮絮叨叨地跟他说着这段时间的事情，说自己做了什么好吃的，在什么地方看中了什么衣服，周葵带她去了好多地方，周葵的两个男朋友的故事。

她说着说着，梁时镇就睡着了。

陈言不知道他什么时候睡着的，感觉很久没听到他的“嗯”了，抬头一看，才发现他睡着了。

陈言不是没见过他睡着的样子，有时候陈言直播，梁时镇会在沙发上睡着，但是他的睡眠很浅，轻易就会醒过来，像现在这样陷入深眠的样子，她没见过。

眉目都完全放松了，呼吸均匀，嘴角微微扬着。

梁时镇的嘴唇生得很薄，很好看，鼻梁高挺，睫毛纤长，好看的男生她见得也不少，但周葵说这种叫高级脸，万里挑一。

她伸手，碰了碰他的嘴唇，软软的，沾染着他的呼吸，有点烫。

她真的，好喜欢他哦。

他也喜欢她的，对吗？

如果她再优秀一点，如果她也是从小在这座城市长大的人，那多好。

那样她才配得上他的喜欢，那样她才配……喜欢他。

陈言趴在床边欣赏他的睡颜，这样看了大概半小时，腿都麻了。

她悄悄走出房间喝水，看着时间也差不多了，就提着菜篮子去菜市场买菜去了。

晚上她要给梁时镇煲汤煮粥喝，还要给他做脆萝卜，上次她弄过一次，他很喜欢吃。

陈言买好菜回家，她用梁时镇给她的钥匙开了门，然后愣住了。

玄关处放着一双漂亮的红色高跟鞋。她还没反应过来，就看到了一道婀娜的身影。

屋内的人听到动静，走过来看了一眼，问：“是钟点工？”

女人显然也是刚到，刚准备放下包，她就回来了。

梁时镇不在客厅，但是她进来了。

她也有梁时镇家的钥匙。陈言提着菜篮子的手紧了紧。

是一个非常漂亮的女人，很白，很有气质，她穿着一条黑色吊带连衣裙，头发是和她一样的大波浪，但是很适合。

“菜放厨房就好了。”女人使唤说，“去把时镇房间里的衣服洗了。”

她说完就要往梁时镇房间走，走了两步看到陈言没有动静，回头看了一眼，“怎么？”

那句“我不是钟点工”却怎么也说不出口。

就在此时，卧室的门响了一下，梁时镇开了房门，他脸上带着一丝被吵醒的茫然，那阵茫然在看到面前的黑裙女人之后，变成了不虞，“你怎么来了？”

这语气不太好，但是黑裙女人似乎根本不在意，很关切地问他有没有好点。

梁时镇没有立即回答她，视线越过她，看到站在玄关的陈言，微微皱了皱眉，“去哪了？”

“买菜。”陈言小声说。

梁时镇这才回答黑裙女人：“我没什么事，你回去吧。”

黑裙女人嘴唇动了动，想说什么，但是碍于陈言在场，不方便说，便吩咐陈言道：“你先出去。”

陈言想了想，觉得他们应该是有事情要谈，便放下了菜篮子转身要出去，手刚放到门把手上，就听到梁时镇叫她。

“言言，我饿了。”语气很温和，很亲近。

陈言一下子说不清心底涌起的是什么滋味，就觉得梁时镇真的好聪明，一下子就明白这女人把她当成了钟点工，用这句话给了她最大的体面。

她又拎起菜篮子去了厨房，往里走的时候，她感觉到那个女人一直在看着自己。

她进了厨房，余光仍然放在那边两人身上。

梁时镇似乎想回房间，但是黑裙女人拉住了他。

“梁时镇，我有事跟你说。”

梁时镇说：“快说，我要洗澡了。”

“……”

梁时镇抽回手想走，女人在后面问：“她就是你从乡下骗过来的女人？”

梁时镇皱着眉看她。

她的声音不小，厨房是开放式的，陈言当然听到了。

“你不用这样看着我。”女人说，“圈子里都传遍了，说你在家里养了一个女主播。”

梁时镇没有解释，甚至都没有多大的反应，只是淡淡地反问：“这就是你要说的事？”

“不是。”女人望着他说，“上次跟你说的事，你考虑好了吗？”

“我记得我回绝过你了。”梁时镇说，“那个职位我不感兴趣。”

“那不仅是一个职位啊。”女人苦口婆心地劝导，声音中还带着一丝不易察觉的央求，“那是权利，是地位，你忘了吗？你曾经苦苦追逐的东西，马上伸手就可以得到了。”

“素晴。”梁时镇打断她，“这些东西，我现在已经不想要了，即便是我想要，我也可以凭借自己慢慢得到。”

“需要很久。”女人说，“你自己清楚，从你现在的位置，再往上走一步，没有人脉和背景的话，难于登天。而且你努力了那么久，都已经到这里了，你不想再往前一步吗？”

梁时镇沉默了一会儿，还是说：“素晴，我们之间已经没可能了。”

女人微微一怔，眼泪不可遏制地落了下来，声音有些崩溃，“你还在生我的气吗？当时真的不是我可以做选择的，我已经尽力了……”

“我没有在怪你。”梁时镇的声音在女人的眼泪攻势下温柔了许多，“我懂你，只是我不爱你。”

女人的眼睛一下子就睁大了。

不是“不爱你了”，是“不爱你”，他用那么温柔的语气，说出这么绝情的话，她眼泪都落不下来了。

虽然当初在一起的时候，他也没说过爱她，甚至一开始她追求他的时候，他也是因为得知了她爸爸的身份，才回应她的。

虽然知道他是为了什么和自己在一起的，但那时候的她，真的好幸福。

他是最完美的男朋友，名校毕业，一表人才，很优秀，就像他说的，那些东西他完全可以凭借自己得到，只是时间早晚罢了。

因为和她在一起，他两年内晋升得飞快。

但她那个时候……动摇了，然后彻底失去了他。

野心他不是没有，只是他已经不是当初那个为了目标不择手段的人了。

现在的她，已经对他毫无吸引力了。

“那你会爱她吗？”黑裙女人突然指着陈言问，她有点失态了，声音尖刻，

“你会爱这种女人？农村长大的，学历只到高中，在流水线上工作，你要和这种女人在一起？”

厨房里陈言突然听到被提及，身体一僵。

梁时镇现在非常后悔刚刚没有干脆利落地赶她出门，或者是拉她到书房去谈。

但是他没有打断她，等她说完了，才冷冷道：“你说完了吗？说完走吧，我是病人，需要休息。”

黑裙女人被气得说不出话来。

她摔门走了。

走之前经过厨房的时候，她冷冷地看了一眼陈言，陈言垂着脑袋处理食材，没有看她。

她走了之后，屋子里静了好几秒，然后是梁时镇的脚步声，很轻，几乎听不到，只有拖鞋和地毯摩擦发出的轻微声音，落在她心尖上。

他走到厨房，帮她一起清洗水槽里的菜。

他没说话，陈言也不知要如何开口，整个厨房只有他们洗菜的水流声和锅里的粥咕嘟咕嘟的冒泡声。

陈言今天听到了很多，看到了很多，她好像有点了解梁时镇了，又好像从来没了解过。

而梁时镇本人，却对她听到了这些对话一点都不在乎的样子。

吃完饭陈言就回去了，梁时镇想送她，被拒绝了。

他看着她走进电梯，眸光深敛。

半小时之后，他给周葵打电话，询问陈言有没有到家。

“刚到。”周葵说，她很纳闷，“你怎么没留她过夜？这么好的机会。”

这就一言难尽了，梁时镇不想再提。

本来今晚确实是可以留下她的，只需要他装得虚弱一点，但是素晴突然来了。眼下氛围，他估计是留不住的。

“而且我看她回来的时候，心情好像不太好的样子，你们怎么了？”

梁时镇没开口。

“你不说我就去问她啰？反正她什么都会跟我说的。”

梁时镇被迫开口：“素晴来了，她们撞见了。”

周葵在那边尖叫了一声，“发生了什么？”

梁时镇言简意赅地把经过和对话描述了一遍。

周葵听后，说：“我真服了你了，居然敢把现任和前任留在一个空间。”

虽然陈言还不是他的现任，但他并没有开口否认。

“陈言肯定会有想法的。”

“我知道。”梁时镇低声说，“当时我就是怕陈言误会，也怕让她走会伤她的心。而且我也想让她知道……我原来是什么样的人。”

周葵一下子无话可说。

之后几天，陈言似乎都挺忙的，梁时镇病好了之后约过她一次，说是为了答谢她过去照顾自己，想请她吃饭，但是被拒绝了，她说她晚上有直播。

于是梁时镇晚上也没有出门，一边准备晚餐，一边等陈言的直播。

晚上八点，陈言准时开播了。

梁时镇只瞄了一眼屏幕，眉头就皱了起来。

陈言不是在她自己的房间里直播，大概是担心舍友发出声音影响到自己，她把直播地点改了。

她坐在一张矮桌前，背后是一串钉在墙上的星星灯，条件很简陋，加上摄影灯只打在她脸上和她面前的食物上，所以背景并不是非常明显。

看背景，她多半是在顶楼。

让梁时镇皱眉的不是背景，而是她面前的面。

这碗面，是用铁盆装的，很大一碗。

陈言的话依旧不多，简单说了一下自己今晚播的是什么。

“今天要挑战主页的‘谁是大胃王’的活动。十包泡面，十个茶叶蛋，十根鸡腿。”陈言笑着说，“我开始吃啰。”

然后她就埋头吃了。

她吃得多，梁时镇知道，但是这个分量，他觉得有点勉强。

三包刚刚好，五包可能会撑，十包吃完，她会很难受的。

梁时镇不明白她为什么要参加这个活动，为什么要吃这么多，明明她之前的路线那么好，也有固定的粉丝，这样搞意义在哪？

陈言看起来吃得很享受，她不像别的大胃王吃播不嚼就咽，她吃得很实在，吃得慢，但她还是吃完了。

最后还剩一点的时候，她吃得有些费劲，虽然她没表现出来，但是梁时镇察觉到了。

下播之后，梁时镇立刻给陈言打电话，她接了，声音装作若无其事的样子，问他："打电话有什么事吗？"

"为什么要吃那么多面？"梁时镇问。

陈言在那边顿了顿，然后才笑着说："啊，你刚刚在看啊？"

梁时镇没有作声。

"我就是，想知道自己的底线在哪嘛。"陈言说，"是平台的人联系我的，说参加这个活动就有奖金，然后还能被推到首页，我今晚直播的观看人数很多哦。"

"很重要吗？"梁时镇问。

"啊？"陈言不知道他什么意思。

"直播人数很重要吗？"梁时镇问，"陈言，你还记得你最初开始做吃播的时候，说过的话吗？"

陈言沉默了。

她当然记得，她说过，她喜欢这世界的一切美食，她觉得吃东西是一件很幸福的事，她想跟大家一起分享这种幸福感。

"你背离了自己的初衷。"

"……不要你管。"陈言负气说。

梁时镇被她气得笑了一下，声音很轻，"好啊，我不管你了，你爱干什么干什么去吧。"然后他就挂了电话。

这是他第一次，在她面前表露出生气的情绪。

梁时镇生她的气了。

陈言握着手机，有点不知所措。

后来陈言跟他道歉，他都没有回复，电话也不接了。

陈言也不知道要怎么跟他说。

大胃王的活动，让她增加了很多观众，打赏也渐渐多了起来。

那天有个观众给她刷了好几个礼物，粗略估计有一万多，然后这个观众说想看她吃鲱鱼罐头。

她大概知道那是什么东西，她感觉自己接受不了，但是别人给她打赏了那么多，她没办法拒绝。

她买了一盒，晚上直播吃了。

那个味道，是她这辈子的噩梦，但她还是努力吃完了，还尽量用享受的表情。

第二天她就上热搜了，因为她是有史以来，第一个把鲱鱼罐头都吃得津津有味的主播。而且那次直播，也成为她有史以来收到打赏最高的直播。

这两个星期她都非常努力，基本上是什么有热度，什么够奇葩，她都会去尝试，还接了不少的广告。

唯一让她有点伤心的是，原来好多眼熟的粉丝都不见了，连梁时镇都再也没有来过她的直播间。

她收到了广告费，立刻就把钱转给了梁时镇。

她其实就是找了个借口，想和梁时镇说话而已，但是梁时镇没有回复她，也没有领取那笔转账，24小时后，钱又退回她的账户了。

晚上，陈言偷偷在被窝哭了好久，梁时镇不理她了。

第二天起来的时候，她眼睛都是肿的。

她刚准备起床，手机就响了，是一个陌生来电。

陈言接了，那边是一道女声，有点熟悉。

“我在你家楼下的咖啡厅，方便下来一下吗？”

陈言迟疑了一下，问：“你是谁？”

“素晴。”

那天出现在梁时镇家的女人，她后来问过周葵，确定了她‘梁时镇前女友’的身份。

陈言刷了牙、洗了脸，匆匆忙忙就下去了。

陈言没想到她会来找自己，她觉得自己不应该见她，也不想见她，但是对方说如果她不下来，就上楼来。

她只能出门了。

陈言以为会像电视剧里演的那样，女人告诉她，她以前和梁时镇如何如何，然后说她配不上梁时镇，或者给她钱让她离开。

谁知道她刚坐下，女人就给她递了一沓资料过来。

陈言莫名其妙地看着她。

“识字吧？”她问。

她的气场好强，陈言根本压不过，只能木讷地点头。

“自己看。”

她便接过那沓东西开始翻阅。

一开始她根本看不懂，这堆东西看起来像是病例，很多专业术语，她翻了一会儿才发现顶头写着梁时镇的名字。

她心一惊，然后才静下心来慢慢看。

最后还是没看懂。

对面的女人没什么耐心，从她手中抽走资料，告诉她：“一年前，镇生病了，失眠厌食胃病，挺严重的。”

她没说的是，那时候她父母反对她和梁时镇在一起，她自己也动摇了，几乎放弃了梁时镇。

“然后他看到了你的吃播，失眠和厌食都慢慢好转起来。”说到这个，女人嗤笑了一声，“真是鬼扯，看个直播能把病治好的话，还要医院干什么。”

但梁时镇确实是因为直播好起来的，而且只能是她的吃播。

陈言没料到有这一层关系，沉默了。

难怪他吃得那么少，难怪他这么喜欢跟她一起吃饭。

“明白了吗？你只是他的药。”女人说得很直接，“我知道他不爱我，但是他也不会爱你，他现在只是依赖你，需要你，就像他当初需要我一样。”

“一旦他病好了，他就会像踢开我一样毫不留情地把你踢开。”

“不是他把你踢开的，是你先放弃他的吧？”陈言抬起头说。

对面的女人微微一怔。

陈言和梁时镇刚认识的时候，他们聊天，他偶尔还会提及他的女朋友。

——她今天给我煮了粥，锅底都煳了。

——过两天她生日了，不知道要送她什么好。

——我感觉她想跟我分手了，所以我在她之前提出了。

那时候的陈言，其实能感受得到他对他女朋友的感情，即便是分手之后，他也偶尔会提起她。

然后渐渐地就不再提了。

虽然梁时镇说过，自己不爱她，但是喜欢的感情肯定是有的。

是她自己丢掉了。

这些话陈言没有说，没有必要，她不想给这个女人希望，她不想她再去找梁时镇，也不想让她知道，梁时镇曾经对她的感情。

出门前，陈言又问了一句：“给我打赏让我吃鲱鱼罐头的人，是你吧？”

女人看着她，微微点了点头。

陈言笑了笑，“谢谢你的打赏。”

回去的路上，她一直在想，要不要跟梁时镇说他前女友来找自己了，但是一点进他们的聊天框，看到他并没有回她的信息，就不想跟他说话了。

到家之后周葵问她去干吗了，她告诉周葵是素晴找她，周葵坐在沙发上，睁大了眼，“那个女人找你？找你干吗？你干吗要去见她啊！”

陈言都没有回答，不能一次性把信息全部告诉梁时镇。

晚上她要直播挑战生吃八爪鱼，她其实很讨厌吃一切生的东西，之前梁时镇带她吃日料，那些生鱼片她没吃几口。

这个挑战对她来说，比鲱鱼罐头还难。

她还是努力吃完了。

陈言下播之后，梁时镇给周葵打电话了，周葵说陈言正在吐。

梁时镇立刻挂了电话，拿了车钥匙出门。

他很心疼她，又有点生气。

为什么要这么作践自己？

他有很多话想说，可到门口之后，却发现自己一点都说不出口。

唯一想做的，是跟她道歉，上次不该对她那么凶，他应该尊重她的选择。

陈言下播就去洗澡了，她感觉梁时镇会来。

她刚吐过，不知道身上会不会有味道，脚上又全是刚刚在楼顶被蚊子咬的包。

她洗完澡后，吹头发的时候，周葵过来叫了她一声，“梁时镇在门口等你。”

陈言心跳一下子都快停了。

她探头出去看了一眼，梁时镇果然已经到了，没进门，站在门口等她，看到她之后，还冲她笑了笑。

“你怎么来了呀？”陈言小声说。

梁时镇没有回答她，只说：“出去走走？”顿了顿，又道：“消食。”

两人一道下了楼，在小区里散步。

有人在遛狗，牵着一只哈士奇，它特别大，呼哧呼哧就冲陈言跑来，陈言怕狗，当即就吓得低呼了一声，躲到梁时镇的身后。梁时镇顺势揽住她的腰，带着她走到另一边。

大狗走过去很远之后，梁时镇都没松手。

“她找过你？”他问。

陈言“嗯”了一声。

“她跟你说了我生病的事？”

“都说了。”

梁时镇停下来，凝视着她问：“你没有什么想说的吗？”

陈言在他的目光下，心跳得很快，差点脱口而出，问他是不是喜欢自己，但是她不敢。

万一不是，那多尴尬，也会暴露她的小心思。

“我们是朋友，对吗？”她这样问。

梁时镇点了点头。

“所以我不介意被你当作治疗手段，能帮到你，我很开心。”陈言笑着说，“老实说，我得知这件事之后，松了一口气呢，之前我一直都觉得很过意不去，得到了你那么多的帮助。”

梁时镇莞尔，“仅此而已？”

陈言迟疑了一下，然后才小声“嗯”了一声。

“我如果只是把你当作治疗手段，一直看你的直播不就好了？为什么还要让你到江北来？为什么还要为你做那么多事呢？”梁时镇说，“陈言，我不是那种会为朋友做那么多的人，我做的这一切，都是有目的的。”

他看着她，仿佛在等她开口问。

“什么目的？”陈言问道。

“目的就是为了把你骗到手啊。”梁时镇轻声说。

陈言感觉自己心口被塞得满满的，几乎要溢出来了，这些不可思议却又仿佛等了很久的话，终于听到了。

“你之前说的，你不喜欢我啊……”

“那是因为你一直在防备我。”

不知不觉中，梁时镇越凑越近，陈言完全被他的阴影和气息包围了。这不是她第一次和梁时镇靠得这么近，但却是梁时镇第一次向她表露出侵略的意味。

“现在呢？”梁时镇几乎是在她耳边说话，“还在防备我吗？”

陈言无处可逃。

“我没有。”她微弱地说。

在陈言以为梁时镇快要亲上自己的时候，他忽然又站直了身子，“陈言，我需要你给我一点回应。”

比起不喜欢他，他更怕陈言根本不知道自己喜不喜欢他。

她说过自己没有恋爱过，可能连喜欢是什么样都不知道。他刚刚完全可以亲下去的，但是他怕吓到她。

“我……”陈言鼓起勇气，抬头看他，“再给我一点时间。”

梁时镇一开始没反应过来，直到她接着说：“我得更红，赚更多钱，才能配得上你的喜欢。”

梁时镇微微一愣，然后无奈地笑了。

傻姑娘。

她还在如数家珍地说着自己现在有多少粉丝了，每天打赏有多少，广告有多少，存款有多少，男人直接低头，吻住了她。

陈言始料未及，话还在嘴边就被堵住了，她还没反应过来发生了什么，就下意识地咬了一口那探进来碰到她舌头的东西。

梁时镇皱着眉“嘶”地叫了一声，松开她。

她咬他了。

陈言反应过来，大惊失色，慌忙解释：“对不起！我，我刚刚吃过八爪鱼，有东西在我嘴里动我就想咬。”

而且她咬得挺重的，“出血了吗？让我看看。”

梁时镇没让她看，继续偏头亲她。

他亲了好久才松开，陈言耳朵都红透了，不敢抬头看他。

“你一直都配得上我的喜欢，是我不配喜欢你。”梁时镇捏着她的耳朵柔声说，“我不希望你为了我改变什么，也不想看到你做自己不喜欢的事。”

陈言鼻子都酸了，她拼命摇头，“你不要有心理负担，我不是，不是为了你做那些事的，我是因为喜欢你，想变得更优秀，才去做那些事的。”

“因为喜欢你，所以我做的那些事，都显得不那么难了。”

她不像素晴那么有能耐，她能做的也只有这些了。

“好好好。”梁时镇低声哄着，“你要做便做吧，我只有一个要求。”

“什么？”陈言愣愣地问。

“搬过来跟我住好不好？”月光下，男人的眼睛像月亮一样亮，他牵起她的手，声音低魅，“没有你在，我吃饭都不香。”

“你，你看我直播不就好了嘛。”陈言结结巴巴地说，她总觉得这男人叫她搬回去，不仅仅是吃饭的意思。

梁时镇挑眉，“看你吃鲱鱼罐头？”

“啊？那期直播你看了？”

“我没看，我不敢看，我怕我会心疼。”

“其实也没有那么难吃啦。”

梁时镇沉默了。

“那我今晚搬回去吗？你陪我上去收拾行李好不好？”

梁时镇顿时就笑了，“好。”

“那你能不能让周葵退租金给我？”陈言又问。

“这个有点难。”

周葵不问他要钱就好了，他还去找她退租金，怎么可能？

身体里住进了陌生人

好奇怪，我感觉我的身体里住进了一个陌生人。

一开始的时候只是一些下意识的动作，比如说签名的第一笔不是我名字的笔画，拿东西都用左手，刷牙也会突然用规范的巴氏刷牙法。

但我并不是左撇子，以前也从来没有正确地刷过牙。

然后是一些饮食习惯。

那天吃完早餐，我妈坐在我对面，很奇怪地盯着我看，我摸了一下脸，问她看什么。

她反问我："你为什么不吃蛋黄？"

我低头看了一眼，然后僵住。

我刚刚吃的那个鸡蛋的蛋黄被我干干净净地剥出来放到了一边。我以前可是蛋黄的终极爱好者，有时候甚至会抢爸妈的蛋黄吃。

一开始可能太累了，所以自己并没有在意，直到随着这些行为习惯渐渐变得清晰，并且试图主导我的身体，我才慌乱了起来。

从刷牙方法到作息习惯，乃至走路的姿态、说话的语气，都被强行纠正，坚定地改变着我。

所以我笃定，我不是鬼上身，就是被陌生人占据了身体。

或者难道是我精分了？

但是我能清晰地感觉到自己的每一时每一刻，如果是精分，另一个人格占据身体的时候，我应该是没有意识的。

那天我又用规范的刷牙方法，刷了好几分钟，并且用左手在刷，我盯着镜子，忽然醒悟过来，用力摔了牙刷，忍无可忍地冲着镜子吼："你给我滚出去！"

吼完之后，镜子里的我明显愣了一下，然后露出了疑惑的表情。

同时我脑海中浮现了一个疑问：

「我在一个陌生人的身体里？」

这是我第一次感觉到，脑海里有一个不属于自己的意识。

我妈听到动静匆匆赶来，问我怎么了。

"没什么。"我含糊地应付了过去。

上班路上，我试图跟这个陌生人来一次灵魂交流，不停地在脑海中问他：你是谁？

但他不知道是不是被吓到了，在那之后一直没有应答。

一天早上，他也没有出来干扰我，我继续用我的右手操作鼠标，勾着腰盯着电脑——盯了一会儿又觉得不舒服，便默默坐直了。

该死，他给我养成习惯了。

就在中午去食堂吃饭的时候，我刻意额外打了一颗卤蛋，还拿叉子切开了蛋白，专门挑蛋黄出来吃。

那口蛋黄要塞进嘴里的时候，突如其来的一股抗拒意识占据了我。

我努力跟他做对抗，一口咬了下去。

下一秒我就下意识地感到了恶心，低头吐了出来。

我……

那个人冒出来，淡淡地向我表达：「我不爱吃蛋黄。」

我捏紧了拳头：这是我的身体。

然后我感到了抱歉，那是属于他的抱歉。

我不得不放弃了那颗蛋黄。

午餐之后我回到办公室，坐在那严肃地跟自己对话：你是谁？

那个人思索了一阵，用我的手拿起笔在纸上写下一个"封"字。

我又继续问：活人还是死人？

这个念头刚冒出来，我脑海中就浮现出一个车祸的画面，同时我感受到了一股不属于我的痛意和绝望。

这是他在世的最后一个感受。

所以我是被还魂了？

一整个下午我都魂不守舍，脑海中一直想着要怎么把这个东西赶出去。

这就直接导致了我的工作没完成，必须得加班干活。

做统计表的时候，我拿着鼠标，眼睛还在找求和操作，另一只手却已经利落地按下了快捷键，帮我把求和公式弄了出来。

那是我的脑子用了属于他的下意识。

我有些恼火。

但不得不说，他对电脑操控的熟练度帮了我很大的忙。

他打字飞快，对数字敏感，看表格一目十行。

是一个非常聪明的人。

我半小时内就完成了一下午需要做的工作。

即便如此，我还是很排斥他。

能从我的身体里滚出去吗？我问他。

他没有吭声。

我心情烦躁，准备开车回家的时候又被一辆乱停的SUV堵住了出口。

我挪了好多次，都没能把自己的车开出去。

在我涌起把那辆SUV撞开的冲动时，他弱弱地提议：「你不介意的话，我可以帮你……」

我不需要！

我简直怒火冲天。

在我固执地挪车时，我妈打电话来了，问我怎么还不到家。

在我接电话的当头，他趁我不注意，飞快又利落地把车弄了出去。

气死我了！

回家之后，我在饭桌上问我妈："上次你说的那个很灵的阿婆，可以请她来

帮我看看吗？”

我妈疑惑地望着我，“怎么了？”

“我最近感觉有点倒霉，想转转运。”

“婆婆可不好约，我试着帮你问问看。”

“好。”

那个他对这番对话嗤之以鼻，大概是在笑我迷信鬼神。

我也对他的嘲笑嗤之以鼻。他都住我身体里了，还好意思笑我迷信？

于是他沉默了。

晚上洗澡的时候，从脱衣服起，我就感觉有点不对劲。

只是一开始那丝意识很薄弱，我没察觉到，一直到抹沐浴露的时候，我才发觉「自己」一直在观察自己的身体，并且伴随着一丝口干舌燥。

我顿时就僵住了，而且有些头皮发麻。

他是个男生！！！不然谁会对自己的身体有绮念！

那个人立刻收回了心思，非常尴尬的样子。

我真的要疯了！

我立刻闭上了眼睛不去看自己，并且加快了洗澡的速度。

“流氓！”我在心里骂。

他很抱歉，诚恳地道歉：「男人的正常反应，对不起。」

第二天一早我妈就来叫我，“那个婆婆看了你的生辰八字，说跟你有缘，让你今早过去一趟，你请个假，先跟我去见了婆婆再去上班。”

我匆匆忙忙起床，早餐都没吃就跟她出门去见那个婆婆了。

婆婆已经很老了，眼睛一直没睁开，让我走到她面前，拉着我的手摸了摸，然后说：“姑娘近期红鸾星动，桃花入命，要有喜事。”

我妈面上一喜，“真的吗？”

她又问了一堆，但婆婆概不回答。

我斟酌几秒，忍不住问：“婆婆，我身上有脏东西吗？”

婆婆似笑非笑，也没有回答。

我妈拉着我出门，满面春风地问我：“你要结婚了呀？和谁啊？”

我不知道要怎么回答。

我还是个单身狗，我怎么知道和谁？

应付完我妈之后，我赶回了公司。

今天也是兵荒马乱的一天，开会、整理数据、出方案、跟客户接洽。

但是不得不说，他在有如神助。

关于方案，有些话经过他的加工修饰，说出来之后有了意想不到的效果。客户对我的方案特别满意。

虽然这么做有偷懒的嫌疑，但我姑且把这些便利当作是他占用我身体的租金了。

之后几天我一直没放弃找办法把他赶出去。

去寺庙烧香，找神婆，喝香灰水。

他却像在我身体里扎根了似的，完全不为所动。

对此，他一边感到愧疚，一边又继续心安理得地用着我的身体。

我又去找了心理医生，医生觉得我是这段时间比较累，让我多注意休息，开了一些安神的药给我。

周末我跟朋友去做SPA，我感觉他比我还享受，做完之后还懒洋洋地躺在那不愿动。

「好久没有这么放松过了。」他向我传达这个讯号。

我也意识到他非常喜欢我的这具身体，这让我很恐慌，他不会就此赖着不走了吧？

要不你去试试别人？我跟他提议，我这么普通，不值得你喜欢。

不，他非常喜欢。

或者不如说是非常喜欢我的生活方式。

朝九晚五的工作，按部就班，对他来说非常轻松，没有别的压力，生活圈子氛围都很好。

你以前很忙吗？我问他，你是做什么的？

「自己开公司，全年无休，忙得像陀螺。」

他稍微给我共享了一些他的记忆，那可真是压得让人喘不过气的生活节奏。

但也看得出来他的生活品质非常高。

换句话说，他非常有钱，开的不是一般的小公司。

这一点从他运用在我客户身上的那些谈判技巧就能窥见一二。

真的是大材小用了呢。

这么一想，我又灵机一动。

或许他还留在这世上，是因为有心愿没有完成？

我忙问他：你是不是有什么没实现的心愿？我可以帮你实现。

「没有。」

没有的话，那就多尝试。

「怎么尝试？」

从吃蛋黄开始！

中午我逼着他吃了一个蛋黄。

他浑身都在抗拒，好几次想吐出来。

我同事在对面莫名其妙，“不知道的还以为你在吃炸弹。”

我努力咽下那口蛋黄，问他：你为什么这么讨厌蛋黄？

「小时候保姆喂我吃蛋黄，我差点被噎死。」

我一时不知道是该感到抱歉，还是愤怒。

毕竟我认为这句话有“炫富”的嫌疑。

我问他：那你喜欢吃什么？

我发誓我只是随口一问，随即脑海中就浮现出了一大片高级食材做出来的美味佳肴。

那是不属于我的记忆。

看上去就很贵，也看起来很好吃，我都分泌口水了。

「好久没吃过松露泥鹅肝纽约克牛排了……」脑海中冒出这个念头，刺激着我的味蕾。

我拼命摇头，不，你不想！吃不起！

感觉他笑了一下。

同时我的脑海中不自觉地浮现出那个“不，你不想”的表情包，图中一个小女孩捂住另一个小女孩的嘴。

他共享到我的这条记忆，愣了一下，随即被戳中了笑点，疯狂笑了起来。

他很莫名其妙哎。

我都被他笑得腮帮子有点酸了，他还没有停下的意思。

一边工作一边傻笑，真的很像神经病。

像是潘多拉的魔盒被打开，他自然而然地开始在我脑海里的互联网储备库中阅览我曾经看到过的段子、视频和表情包。

一个下午他都沉浸在里面。

我很好奇，他几十年都没上过网吗？

「很少，上网也是看看财经新闻、股市走向。」

那你的人生真的是没意思得很呢！

有松露泥鹅肝纽约克牛排吃又怎么样？

晚上我没回家吃饭，朋友约我去吃麻辣烫，是那种街边小店。他大概这辈子都没进过这种店，吃过这种东西，一直在问我：「为什么要在外面吃？是妈妈煮的饭不香？」

阿姨端着塑料碗出来的时候，我朋友抬头看我：“哇，你这是什么表情，怎么一脸嫌弃啊？你不是最爱吃这家的吗？”

我：“啊？我有吗？”

“眉头都皱得能夹死苍蝇了。”

“吃饭就别说这么恶心的东西了。”

我朋友一愣，随即露出伤心的表情，“你说我恶心？呜呜呜。”

——谁允许你说话了！！！

「抱歉，没忍住。」

——给我憋好了！

话语权我是绝对要掌握的。

我带着不情不愿的他，吃完了那碗麻辣烫。

我觉得意犹未尽。

他觉得生无可恋。

「我感觉我的胃被强奸了。」

有这么夸张吗？

我经常吃的，习惯就好。

晚上我接了一个画头像的活，洗完澡之后就趴在书桌上开始画画，他很诧异，「你还会画画？」

不算会画，但是因为感兴趣自学过。

他看了一会儿，由衷地感叹：「你很有天赋。」

这我知道。

「工作的时候明明看起来手很笨。」

这句话也是他由衷的感叹。

他可能没想说出来的，但我们共用一个脑袋，他的丝毫想法我都能捕捉。

哼！

我花两个多小时画完了头像，对方给我打了酬劳款，他看到进账金额的时候，惊讶了一下。

「才80块？」

80块怎么了？80块不是钱吗？再说了，我也不完全是为了钱才画的。

他哑口无言。

但我能感受到他替我不值，在他的价值观里，两个小时的时间成本远不止这个价。

太在意价格的话，爱好会变成负担。我试图向他传达我的观点，我不适合做职业画手。

他稍微有点理解，但「你的才华应该被更多人看到。」

他可能不了解这个领域，有才华的画手多如牛毛，我这真的上不了台面。

他反驳我：「我是不了解这个领域，但我会欣赏。」

夸赞很让人身心愉悦。

特别是因为他用着我的脑子，我能很清晰地感觉到，他是真心的，不是恭维我。

顿时就不那么讨厌他了呢！

为了庆祝80块进账，我拿起手机，点了一份麻辣烫外卖。

他愣在当场。

第二天去公司的时候，我在电梯里听到两个男同事在讨论球赛。

他似乎很感兴趣，认真听了一分多钟，还忍不住插嘴加入了讨论。

同事很诧异，说："不知道你还看球赛呢！"

我当然不看。

他用我的嘴跟人家兴致勃勃地讨论了好久，出了电梯也没回工位，还站那聊呢。

我催了他好几次，他才依依不舍地跟着我回去干活。

接下来一整天，他都在尝试说服我，今晚让他看球赛。

不看。我很果断地拒绝了，凌晨两点的球赛，看完我还要不要睡觉了？明天还要不要上班了？

他感到很委屈，同时有种寄人篱下的无力感。

我都不知道他还有看球赛的爱好，他不是说自己全年无休，只看财经新闻的吗？

「唯一的消遣了。」他说。

「我很想看。」

「让我看吧！」他央求我。

「那个很难搞定的客户，我帮你。」

不需要！！！

被我拒绝之后，他一整天的存在感都很微弱。

这种低落的情绪影响到了我，话又说回来了，一场球赛，至于吗？

「你根本不懂。」他说，「这是男生的精神乐园。」

好吧，我不懂。

我没打算让他看球赛，结果这天晚上，我从十一点开始躺在床上，到一点钟都没睡着。

我忍不住拍床：你够了吧！

他很无辜：「我也不想的，我已经很努力在睡了。」

但是失眠这个东西，谁也抗拒不了。

我最后还是拖着沉重的步伐，随着他去了客厅，开了电视机开始看球赛。

他可真是高兴得不得了呢！

我一直在打呵欠，脑袋却精神得不得了，一边是抗拒的我，一边是亢奋的他。

画面其实很诡异。

第二天，我顶着黑眼圈去上班，又遇到了昨天的同事，他停下来跟人家谈论了半天。

那人后来还邀请我周末去他家看半决赛。

我赶在他开口之前婉拒了。

「为什么不……」

想都不要想，我打断他。

本来我以为这件事情到此为止了，结果那个男同事好像误会了。

他去问我们部门的一个女生，我是不是喜欢他？

我满脸疑问。

然后绯闻就传了起来，都说我因为喜欢他，熬夜去看球赛，就为了跟他有话题聊。

我在脑海里臭骂这个人。你找人聊球赛也找个帅一点的啊！

他比我还委屈：「谁能知道他长那个样，还一点都没有自知之明呢！」

说完我俩都小小地惭愧了一下，以貌取人实在不好。

「话又说回来了，」他说：「你没有喜欢的人吗？我可以帮你追的，男人之间会比较有话题。」

我：算了吧，会聊成兄弟的。

用他去追别人，这就是作弊行为，我怎么知道到时候人家是喜欢他还是喜欢我？

他一想也是。

对了，你有没有女朋友？我问他。

「没有。」

听到他这样回答，我已经飞速地捕获了他记忆里所有的感情过往。

不由感慨：你情史真丰富。前女友多到我都数不清了。

但也因为工作忙，每段感情的保质期都很短。

我也几乎感觉不到他对任何一位前任有特别眷恋的感觉。

他没有深刻地爱过某人，我意识到这点。

「礼尚往来。」

他说完这句话，我都没反应过来，就感觉他迅速扫了一遍我的情史。

和他的对比，我那两段无疾而终的恋爱，简直跟过家家似的。

他沉默了一会儿，反问：「你会允许我用你的身体去见我家人吗？」

我确实不会。

「我母亲在我很小的时候就不在了，父亲组建了新家庭，育有一儿一女，有我没我，对他来说无关痛痒。」

啊。小可怜。

「嗯？」

我感觉到他笑了笑。

「吃十块钱麻辣烫的小姑娘，可怜我这个每餐都要吃上千块的人？」

不聊了！

别想看球赛了你！

我废了好大劲才破除了我在公司的绯闻。

晚上下班回家的时候，我的车又被乱停车的人挡住了。

其实别人也不算是乱停车，就是留给我的空间很窄，有点为难我。

这次他直接掌控了我的身体，一手扶着副驾回头，一手打方向盘，根本不看倒车影像，两下把车倒了进去。

回头的时候，我不经意间抬头看到了后视镜里的自己，对上那双眸子，我感到有点陌生。

那不是属于我的视线。

然后，后视镜里的「我」笑了笑。

「帅吧？」他问。

说实话是有被帅到。

但请问，被自己帅到有什么意义呢？

所以请不要再对我释放你的魅力了。

洗完澡之后我躺在床上敷面膜，接到小姐妹的视频电话，她在那头兴高采烈地跟我说：你还记得一个月前，我们去S市的那个倩女坟吗？

我愣了一下。

她接着说：我许愿要怀孕的，顺利怀上啦！

我很惊喜：啊！恭喜恭喜！

她之前和老公奋斗了很久，都没要上宝宝。

她：那个坟真的好灵啊！我过几天要跟我老公去还愿的，听说愿望达成之后一定要去还愿的。你当时许的什么愿啊？达成了没？

我当时就随口一说：让仙子送我一个男人。

这算送吗？

如果算的话，去还愿，是不是就能摆脱他了？

「为什么不和他们一起去还愿？」挂了电话之后他问我。

人家夫妻去还愿，我跟着去干什么？

我是这样告诉他的，但内心深处却不是这样想的。

他坏笑了一下，「啊，你舍不得我了。」

我没有！

如果他离开了我，会去哪里？我不免会这样想。

从此就完全消失了吗？

我不太忍心。

这个念头传递给他，他也沉默了一阵。

晚上我们两个一起失眠了。

「你一开始不是很排斥我的吗？」他问我。

毕竟香灰水我都喝了，这个问题我没法回答。

虽然我现在看起来很像斯德哥尔摩综合征患者。

「你愿意我一辈子共享你的身体？」他又问。

我没有回答，但我的潜意识已经在告诉他，我可以接受。

他坐了起来，用我的手机给我小姐妹发了一条信息，问他们什么时候去，我也要去。

这个时候他体现了惊人的意志力——我根本无法把身体操控权抢回来。

朋友很快就回信息了，说明天就出发。

刚好我明天也休息。

我不想去。

我明确地跟他表达了。

「为什么？」

我明天想带你去吃麻辣烫，我说。

「这个真的没必要了。」

过几天嘛，过几天我们再单独去，反正有车。

他顿了顿，才笑着说：「宝贝，再多待几天，你会更舍不得我哦！」

这是他说过最撩人的话，听着却让人有点难过。

后天去，我跟他说。

「你明天到底有什么事？」他问我。

几乎是刚刚问出口，我的大脑就已经给出了答案。

我想带他去游乐场玩。

「小朋友才去的地方，我不去。」他很抗拒。

可是他心里明明不是这样想的。

因为家庭的关系，他从来没有去过游乐场玩，他妈妈承诺过要带他去的，结果因为生病，没能实现诺言。

「小姑娘，我28岁了，并不想去游乐场玩。」

我说我想去。

我跟姐妹说了我后天才去，她表示可以等我。

第二天一早我就出发了。

他兴致不是很高，一副陪我来玩的样子。

早上游乐场人不是很多，我立刻去玩了热门的设施——过山车、跳楼机、大摆锤、激流勇进。

我尖叫的时候，我感觉他也在叫。

我笑的时候，他也在笑。

我感到开心，那份开心是属于他的。

好玩吗？下来之后我问他。

「是挺好玩的，就是别人都是情侣来，你一个人看着挺惨的。」

我们买了热狗和玉米，我想吃热狗，他想吃玉米，争执不下，只能两个都买了。

下午，游乐场人变得多了起来，各种设施排队都要排很久，我们都没有耐心，就提前退园了。

第二天，小姐妹和她老公准时来接我出发了。

去的路上我突然情绪就有点低落，和他几乎也没有什么交流。

快到的时候我突然问他：可以看看你长什么样吗？

我从来没有见过他的样子，试图去他脑海里找画面的时候，他却避开了一切能看清自己脸的画面，不让我看。

「不可以。」

为什么？你很丑？

「怕你会爱上我。」

我忍不住抿了抿嘴。

我还记得我上一次来这儿的时候，是非常虔诚的。今天却有些心不在焉。

他敲醒我：「好好许愿。」

我上了香，心里却没有任何想法。

他替我许了愿，「希望我能离开她的身体。」

当时并没有什么反应，我心存一丝侥幸，回去的路上不小心睡着了，再醒过来的时候才察觉不对劲。

人呢？

喂！

没有任何除我之外的意识了。

他真的走了。

我感觉心空了。

天哪，我不会真的喜欢上他了吧？

我后悔不已，不应该妥协去还愿的。

我像失恋了似的，失魂落魄了两个星期，浑身提不起劲。

关键是我根本不知道他长什么样，想他的时候，连个具象都没有。

仿佛就是喜欢上了自己幻想出来的人物。

可是我知道，那不是幻想。

他在我办公桌上随手写下的那个“封”字还在，笔迹跟我的完全不一样。

第三个星期，我收到了一个快递。

很奇怪，是一个我一直很喜欢但是狠不下心买的名牌包包。

我还没搞清楚这个包包是从哪来的，快递又像雪花一样飞来，塞满了我家。

我喜欢的衣服、我没抢到的鞋子、限量版的口红套装……

这些东西加起来有好几万，把我妈都吓傻了。

我隐约有些预感，却不敢相信，怕希望落空。

一直到圣诞节的时候，我收到快递送来的玫瑰花，里面有一张卡片，我还没看清楚写的什么，一看到那字迹，我都快疯了！

「小姑娘，圣诞快乐！本来想去找你的，但是身体没有恢复，这段时间就只能动动手指头给你买些礼物，都收到了吗？喜欢吗？」

我眼泪奔腾不止。

这个人怎么没留手机号码？

我联系不到他，也找不到他，好在他每天都会给我寄东西、送卡片，说自己在复健，有点吃力，头发剃光了，也因为长期卧床瘦得不行,他觉得很丑，想养好了再来见我。

那场车祸让他变成了植物人，到我这里待了一段时间，回去之后就醒了。

他让我耐心等待。

大年初一那天上午，我终于收到一条他的信息，他说一个人在医院过年，很可怜，很孤独，问我要不要去陪他。

我当即就收拾了行李，买机票飞过去找他。

傍晚的时候我就出现在了他所在的住院部楼下。

我心脏跳得快坏掉了。

我按照他给的地址上了楼，大过年的，住院部冷冷清清，电梯门一开，我就看到一个穿着蓝白条纹病服，外套着一件黑色羽绒服的男人站在护士站，正笑着跟护士姐姐在聊天。他听到电梯到的声音，转头看了一眼。

对视那瞬间，我相信时间是会停滞的，就是一眼万年的感觉，遇到过爱情的人都会懂。

那一瞬间，我就知道，是他。

因为他马上就眼带笑意地冲我张开了双臂。

我飞奔过去，要冲进他怀里时，听到护士惊呼一声“小心”，于是下意识刹车。

他很无奈地白了护士一眼，“你很烦哎。”

我也终于听到他的声音了。

他回头，微微一愣，随即无奈地碰了碰我的脸，“怎么哭了？”

“哦哟，封公子这又是在哪欠下的风流债啊？”

他本来还在笑着跟护士开玩笑，这会儿看我“泪漫金山”，倒是急了，直接拉我回了他的病房，手忙脚乱地抽纸巾。

我哭了一会儿就好了。但他很奇怪，盯着我看了半晌，眼圈居然也慢慢红了，看到他这个样子，我的眼泪又流得更欢了。

我们俩相对无言，默默哭了十几分钟吧，我才慢慢收住。

对视了几秒，他突然坏笑着问：“我很帅吧？”

我登时又好气又好笑。

“你心里肯定在拼命尖叫，怎么会这么帅？！”

我虽然很想吐槽，但不得不说，他是对的，他太懂我了。

他是很帅，和我想象中的完全不一样，我以为开公司的社会精英应该都是那种西装革履斯斯文文的，没想到他长得挺痞，有一双带电似的桃花眼。

我简直疯了。

他仿佛又听到了我内心的感慨，勾起一边嘴角，“别掩饰了，我在你脑子里住过那么久，你喜欢哪一款我会不知道？”

这嘴角上扬的弧度也是绝了。

“礼物我都很喜欢，谢谢你。”我矜持地说。

“就当是租金咯，应该付的。”

我沉默了一瞬，“只是租金吗？”

“你觉得呢？”他反问我。

“只是租金的话，我觉得给房东送玫瑰花不太好哦。”我气呼呼地说。

他又忍不住笑了，“玫瑰花？我不知道，可能是我的秘书买错了吧。”

我拿上我的包起身，“那是我误会了，不好意思。”

手刚搭上门把就被他从后面拽住，他把我困在门板与他的手臂之间，一脸无奈，“好不经逗啊你。”

话音刚落，他就偏头吻了下来。

完了完了完了。

这下心脏真的坏掉了。

病房的百叶帘没有拉上，护士姐姐们在外面围观，他一边亲我，一边长手一拉，把灯关了。

我被他亲得头皮发麻，这个人吻技太高超了，显得我像小学生。

好不容易他才松开我，透着阳台窗户照进来的月光打量我，眸光闪闪，他开口："你的前任们太垃圾了，接吻都没教会你。"

我："现在应该说这个吗？"

"那你的那些前任们都很优秀呢。"

他轻笑出声，"我只是在吃醋，没有说你吻技不好的意思。"

我哦了一声，"我也只是在吃醋，没有说你吻技好的意思。"

他望了我半晌，才温柔地说："你跟她们不一样。"

我知道他的意思。

他在我脑子里待过那么久，他很清楚我喜欢他。

就像我也能感觉得到他喜欢我一样。

那是和他那些前任们完全不一样的喜欢。

护士在外面敲门提醒他吃药。

"你的身体还有什么问题？"我忍不住问。

"没什么大问题，过完年大概就能出院了，我恢复得非常好。"他说，"我只是头挨了一下，其余各方面功能都很正常。"

大概是用过他的脑子，共享过他的思维，我不知道为什么，就觉得这句话暗示意味很足，一下子眼神都飘忽了。

他愣了一下，接着笑个不停，"脑子里在想什么废料呢？"

我无言以对。

他给了我一把钥匙，告诉我地址，"去我家睡。"

"不好吧。"我扭扭捏捏地说，"我们才刚见面，就去你家吗？"

"意思是你想在这里跟我挤在一张床上？"他眨眨眼，"我很乐意的哦。"

我洗了脸，洗了脚就到他床上去了。

床不大，两个人并排躺着动也动不了。

他干脆转身把我捞进怀里，蹭了两下才心满意足道：“这样舒服多了。”

我靠在他胸前，感觉自己像煮熟了的虾，浑身红透了，手脚发汗，都不敢动。

“你这么僵硬干吗？”他还笑我，“小姑娘。”

“你身上真香。”我说，“你是不是偷偷喷香水了？”

“我没有啊，在医院哪有香水喷？”

“肯定喷了。”

“我没有，你可以找找看，你要是能找得出香水，我整瓶喝了。”

我仰头看他，他眸光一闪，随即眯起眼，“别这么看我。”

我才微微张口，他就又扣着我的后脑勺亲了下来。

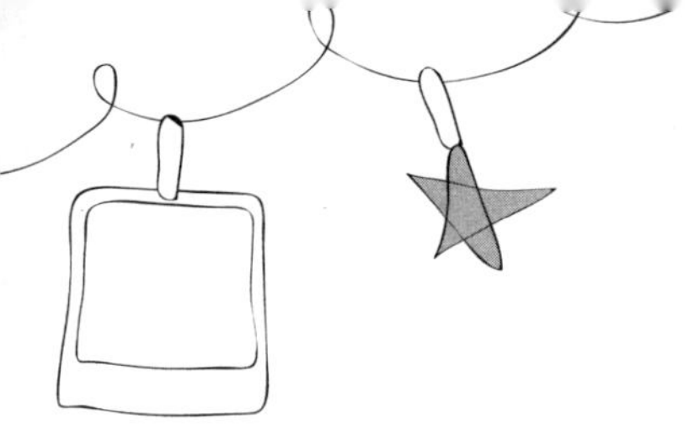

震惊！我的按摩师竟然是……

辛意走进理疗馆，里面只有一个穿着白T挺好看的男生坐在沙发上，正在打游戏。

她以为是跟自己一样来理疗的，刚要坐下，男生抬头看了她一眼，微微笑了一下，“辛意？”

“啊。”辛意下意识应了一声，然后反应过来，“你是陈叔叔的儿子？”

对方点头，收起手机站了起来，“我爸跟你说过了吧？”

“说过了。”

陈叔叔这几天要回老家，走之前跟她说，这几天的理疗让他儿子帮忙做。但是她没料到陈叔叔的儿子这么年轻。

大概是辛意脸上犹豫的表情太明显了，男生笑了一下，跟她解释：“我也学医的，研究生在读，从小看我爸给人施针长大的，不过你要是担心的话，我可以只帮你艾灸和按摩。”

“那就只艾灸和按摩吧。”辛意马上说。

对方失笑，说了声好，然后摸了摸鼻子，指着理疗室说，“进去吧。”

辛意进了理疗室，动作熟练地脱掉了鞋子上床趴着，往上撩衣服的时候，男生推开门进来，她才浑身一僵反应过来。

她是腰不舒服才来做理疗的，艾灸和按摩的时候，腰和三分之一的屁股都要露出来的。

之前她一直把陈叔叔当医生看，所以露半个屁股都无所谓，但眼下是一个陌生的年轻男生，看起来年龄还和自己差不多大。

这下就糟了，她要被人看屁股了。

还要被摸。

辛意莫名地就感到一阵羞耻。

她仰着头看着男生拿毛巾擦了擦手，转身的时候两人对视了一眼，对方冲她笑了笑，“先给你按摩。”

辛意非常紧张，“好，好。”

实际上她不是应了两声，而是结巴了。

他走到她身边，非常娴熟地把她的衣服下摆往上掀了掀，然后微微停顿，开口道：“裤子也要往下拉一点，你介意……”

辛意慌忙说：“我自己，我自己来！”接着迅速把裤子往下扒拉了一下。

因为做艾灸的时候衣服会熏黄，所以她平时过来的时候都是穿比较宽松的旧运动服，这裤子裤头特别松，一扯就往下去了一半，让人非常尴尬。

辛意把脸埋进理疗床上的洞里，感觉自己脑袋都在冒烟。

她就应该在人家进来之前就把裤子弄好，也不至于弄到这个进退两难的地步。

好在男生很自然地帮她往上扯了一点，让裤头回到了保持尊严的位置。

“还在读书吗？”男生一边下手一边问，肌肤接触的瞬间，辛意感觉自己头皮麻了一下。

腰部是她最敏感的部位了，陈叔叔第一次给她按摩的时候，她难受得浑身颤抖。

何况这个男生的手还这么凉这么嫩，不像陈叔叔的手，都是茧。但他手劲也不小，力道中又透着温柔。

“读书。”辛意艰难地回答，“大一。”

对方听出她声音里的不对劲了，停了手，“有什么不舒服的吗？”

“不是，我怕痒。”辛意闭着眼睛闷闷地回答说。

他笑了一下，“那我再用力一点？”

“这样就可以了，我可以克服。”

“好。”

“你按摩也是跟陈叔叔学的吗？”辛意问。

“跟他学，学校也有课程。”他说，“你才大一吗？你这个腰，得有三十岁吧。”

辛意笑了一下，“陈叔叔说得有四十岁。”

“我是怕吓到你，才说的三十岁。”他拿手肘揉了一下她的某个穴位，辛意顿时疼得哀嚎了一声，“还晚睡，平时多注意一点。”

“呜呜呜。”辛意简直没有力气说话了。

艰难的二十分钟熬过去了，男生终于按完了。

辛意松了一口气，刚想翻过来休息一下，就听到他问：“舒服吗？”

“舒服，舒服。”辛意忙不迭回答。

“要不要再给你按一下？”

“不用了，可以了。”

“那就艾灸了？”

“好。”

对方走出去，几秒钟之后又走进来，手上拿着针包，问：“针灸吗？”

“艾灸就好，谢谢。”

艾灸的时候挺无聊的，平时辛意都会趁着这个时候眯一会，但是今天男生一直待在她旁边观察艾灸盒，她也不好意思睡。

好不容易熬完了艾灸，男生帮她拿开艾灸盒，拿纸巾帮她擦拭后腰上的水渍，然后扶她起来。

服务真是太好了。

“明天十点钟过来，我在这里等你。”送她出门的时候他说，“要记得过来。”

“好。”

克服了一开始的害羞之后，她简直爱上了被帅哥服务摸腰按屁股的感觉。

辛意骑着小电驴回家，等红绿灯的时候，发现旁边车上的人都在看她。

她有些莫名其妙，看了一眼车子的后视镜，整个人都不好了。

她的头发乱七八糟，像经历过爆炸，脸红通通的，额头还被床压出了一条横线。

这就是刚刚他看到的她吗？

她想先去死一下。

第二天过去的时候，她稍微收拾了一下，还穿了一套比较好看的运动服。

没办法，去理疗限制太大了，她不能穿裙子，不能穿牛仔裤。

这套运动服还是她忍痛割爱穿来的，已经做好了被熏黄的心理准备。

她到的时候店里没人，但是店门是开着的，她在外面等了一会儿，听到理疗室里有交谈的声音，就过去敲了敲门。

门从里面开了一半，男生看到她笑了笑，“来了。”

辛意“嗯”了一声，瞄到里面好像有人，“你在忙？”

“有朋友过来艾灸，快结束了，你先进来。”

辛意走进屋子，看到另一张床上趴着一个女生，女生侧起脸来看她，辛意感觉自己从她的眼神里看到了敌意。

不得不说，这女的很漂亮，身材很好，露着的腰和臀都是黄金比例，是自己梦寐以求的身材。

为什么别人趴着屁股还那么翘呢？

“时寒，你晚上跟我们去吃饭吗？”女生问他。

“不去了。”他拿开艾灸盒，仔细帮她擦干了腰上的水渍，“晚上还有人预约了艾灸。”

“那你忙完之后跟我说一声啊。”

他随口“嗯”了一声，然后示意辛意上床，又问她：“昨晚几点睡的？回去之后有没有不舒服的地方？”

“十一点就睡了，没有不舒服的地方。”辛意回答。

“今天施针吗？”

“不。”

他仿佛对施针有执念。

两人对话的时候，那个女生走了，辛意感觉她挺不高兴的。

“你叫时寒？”辛意随口搭话问，“陈时寒？”

“嗯。”

接下来陈时寒按到了她的某个穴位，她立刻麻胀得说不出话来。

“今天我会再加一点力度，如果疼你就喊出来。”陈时寒说。

“好……嗷！”

辛意被这毫无预兆的一下弄得弹了一下，像濒死的鱼，陈时寒都被逗笑了，“这里？”

他又按了一下。

“啊！”辛意急促地叫了一声，然后条件反射翻身躲开，还反手抓住了他“作案”的手腕。

陈时寒愣住了，她也愣住了。

“Sorry，sorry。”辛意连忙放开他，“您继续继续。”

陈时寒失笑，“我以为你要打我呢。”

“不敢。”辛意有气无力地说。

按摩的时候她就一直盯着旁边的钟，二十分钟时长一到，她就提醒对方：“到点了。”

“这么快？”陈时寒看起来意犹未尽，“再给你按一下？”

“不用了，艾灸吧！”辛意果断说。

“为什么你这么害怕按摩？我按得不好？”

“不是！”辛意怕他误会，连忙解释：“是我自己，腰比较敏感，所以每次按腰都很痛苦，之前陈叔叔给我按也是这样的。”

对方“哦”了一声。

艾灸的时候，陈时寒叫了外卖，还问她要不要一起吃。

“不用啦，我妈妈在家煮好饭等我了。”辛意说，“谢谢。”

陈时寒比了一个“OK”的手势。

当天晚上陈叔叔给辛意打了个电话，询问身体怎么样了，又问这几天陈时寒给她按摩艾灸得怎么样。

辛意回答一切都好。

“小寒虽然还没毕业，经验不足，不过他也是医学研究生，非常优秀，把你托付给他，我很放心！”

辛意听着这话，怎么感觉怪怪的？

“要是他有什么做得不好的，你要及时提出来或者跟我说，知道吗？”

“好的，陈叔叔，你放心吧。”

“这几天我跟他妈都不在家，他一个人看店也辛苦了，你知道他每天都吃什么吗？”

辛意毫无防备，顺嘴就回答了：“外卖。”

这可闯大祸了。

第二天辛意去理疗室的时候，陈时寒一句话都没和她说，上来就按摩，力气还非常非常大。

辛意被按得哇哇乱叫，“疼啊！疼！陈时寒！”

陈时寒不仅没有手下留情，反而更麻利了，并且带着威胁性质说：“叫哥哥。”

辛意：“啊？啊！痛痛痛！哥哥轻点！”

这是什么乱七八糟的要求？

腰上的手稍稍停顿了一下，再次要求道：“加上名字……陈时寒哥哥。”

辛意的泪水流了满脸，委屈且屈辱地叫：“陈时寒哥哥饶命啊！”

如果她没有听错，陈时寒“哼”了一声。

“我哪得罪你了吗？”辛意小心翼翼地问。

“是你告诉我爸，我这几天都在吃外卖的吧？”

辛意浑身一僵，“这个，不能说的吗？”

“我爸最讨厌我吃外卖。”陈时寒恶狠狠地说，“你告密之后，他打开了家里的监控，让我每天回家煮饭。”

辛意既感到抱歉又感到无辜，“是你爸爸套我的话，我也不是故意提的。”

陈时寒又“哼”了一声。

“你不会煮饭吗？”辛意问。

“不会。”陈时寒言简意赅。

“很简单的，我教你啊。”

“外卖更简单。”

“外卖不健康不干净。”辛意苦口婆心，“真的，我会做蛮多菜的，海鲜烩饭、牛肉焗饭、西班牙海鲜面，超好吃的，都是很简单的食材、很简单的做法，十分钟就能搞定，我教你。”

陈时寒停下手，表情很认真地望着她，“不如这样，你带饭给我，我给你酬劳。”

辛意：“啊？”

“可以吗？”陈时寒冲她笑了笑，“就这两天，而且只需要中午一餐，晚上我都是去健身房吃草的。”

辛意没办法拒绝这个双眼像猫一样温柔的人，特别是他这样望着自己的时候，简直连星星都可以摘给他。

“如果麻烦就算了，我还是请钟点工吧。”

“我……可以的。”辛意说，“我中午带过来给你。”

“真的吗？”对方眯起眼睛，看起来挺满意的，“谢谢你。”

“没事。”不知道为什么，辛意反而有点不好意思了。

第二天她在家吃了饭，拿保温盒装了一份过去，陈时寒还特意站到门口等她，一看到她的身影，特别是看到她手上还提着食物，眼睛立刻就弯了。

“哎，你还真的给我带饭了呀，我就跟你开个玩笑，这么客气嘛。”嘴上说着这样的话，手却非常诚实地伸过来接那个保温盒，“真香。”

开玩笑的话，会把理疗时间特意调整到饭点十二点吗？

“今天我起晚了，是我妈煮的饭，有茄子和鱼，还有排骨汤，不知道你喜不喜欢。”

“当然喜欢！”陈时寒进屋就把食物摆上了，“给我十分钟，我先吃，吃完再给你按摩。”

“啊，没事，你吃，不着急，别噎着。”

辛意坐在他对面玩手机，他的进食速度很快，但并不狼吞虎咽。

“你吃慢点。”辛意都替他担心，“都没嚼碎就吞了吗？你们学医的不都讲究细嚼慢咽吗？”

“道理都懂，但是已经养成快速进食的习惯了。”陈时寒头也不抬地说，“之前我在医院实习，中午就是只有十分钟时间吃饭。”

“做医生真的好辛苦啊。”

陈时寒不置可否，“习惯就好了。”

大概是因为吃了她带的饭，今天按摩的时候，陈时寒格外温柔，按得辛意昏昏欲睡。以至于艾灸的时候，陈时寒出去了一趟，她就趴着睡着了，一直到最后陈时寒给她拿开艾灸盒的时候，她才醒过来。

“我都睡着了。”辛意撑着床艰难地坐起来，两只手臂麻得都快抬不起来了，陈时寒扶了她一把。

“我知道你睡着了，都打呼了。”

辛意的脸立刻就红了，“我才没有打呼！”

“你打了，我还给你录下来了。”

“我没有！”辛意气急败坏，“明天不给你带饭了。”

陈时寒：“那好吧，你没有。”

辛意气呼呼地穿鞋，走出门的时候，陈时寒把保温盒递给她，“我洗干净了，今天谢谢你了。”

辛意一声不吭地接过保温盒就往外走，陈时寒还送了两步，他看着辛意把保温盒放进小电驴的箱子里，摸了摸鼻子说：“其实打呼很正常的，何况你还是趴着睡的。”

辛意没有理会他，一拧电驴电门轰的走了。

晚上辛意洗完澡准备上床睡觉的时候，微信里突然多了一条好友申请。

头像是罗浮宫的夜景，名称是一个句号，微信号是一串1，看不出是不是认识的人。

她通过了好友请求，一分钟之后，对方给她发了一条“知乎”链接，标题就是：人为什么会打呼。

辛意立刻就知道对方是谁了。

她还没说话，陈时寒又非常迅速地发了两条信息过来：

这条回答是我学长写的，非常全面专业，你可以看一下。

只是跟你科普，没有别的意思。

辛意要气死了，谁想被科普这个东西啊？烦死了！

“谁给的你我的微信？”她发语音去问。

“我问我爸爸要的，他问你妈妈要的。”陈时寒说，“早点睡觉吧，明天记得准时过来哦。”

辛意给他发了一个“不来”的表情包。

他还回了一个“不来算了”的表情包。

第二天，辛意晚了一些出门，半路上陈时寒给她连发了几条语音。

“到哪了？”

“还在生气啊？”

“真的不来了？就因为我说你打呼了？”

语气之急切，辛意觉得他完全就是在担心他的午餐无法抵达罢了。

“我是那么小气的人吗？今天晚了一点，我妈中午加班没有回来煮饭，我煮的，我还没吃，一会到了和你一起吃。”

“好啊。”陈时寒发了一个害羞的表情，还问：“今天吃什么呀？我已经洗好手在等你了哦。”

“吃屎哦。”

陈时寒的声音带着笑意，“都行啊，你吃什么，我就陪你吃什么。”

辛意败了，怎么能有人比她还恶心？

午餐两个人一起吃的，辛意没有去买菜，用家里剩下的食材做的咖喱饭，陈时寒吃了一口就大赞，还抢走了她的几口，说自己饭量很大吃不饱，吃不饱的话，一会儿就按不好。

今天吃了饭的陈时寒按摩师也是非常尽职温柔呢，再次把辛意按睡着了。

她原本没想睡，但是太舒服了，这该死的陈时寒还点了淡淡的香薰，她醒过来的时候懊恼万分，更可气的是她一扭头就看到了陈时寒的手机摄像头。

偷拍被抓包的男人不慌不乱，挪开手机露出半张笑脸，“我就是给我爸发一下我的劳动成果，绝对不是在录你打呼的声音。”

于是，辛意今天还是气呼呼地走了。

晚上辛意看到新闻，说有人去不正规的美容院按摩，把自己搞得半身不遂，于是立刻转发给陈时寒，“碰瓷”说：你完了，我现在觉得自己下半身麻痹了。

陈时寒发了一个抠鼻的表情过来，说：你可以质疑我的人品，但是不能质疑我的手法。

之后还给她发了一个长达一分钟狗狗在睡觉的视频。

辛意回了个问号。

陈时寒：我朋友养的狗，可爱吗？你看吧，趴着睡就是会打呼的。

辛意无言以对。

陈时寒：没有影射你的意思哦。

之后的几天，都是辛意带饭过去给他吃，辛妈妈得知她是给陈叔叔的儿子带饭，还非常高兴，天天给他加菜、煎鸡蛋。

“你妈妈煎的鸡蛋真是绝了。”陈时寒赞不绝口，“我超喜欢吃这种外焦里嫩的煎蛋。”

辛意：“那我也是多亏了你，才能吃上这鸡蛋呢，平时我妈不轻易给我煎鸡蛋吃的。”

陈时寒龇牙冲她笑笑，“不用谢哦。”

两人吃到一半，理疗馆的门突然被推开了，陈叔叔摸着衣服口袋走进来，“哎？我手机是不是落在这里了？小意你来了。”

辛意嘴里还塞着鸡蛋，和陈时寒神同步地仰头望着陈叔叔，表情呆滞。

“陈叔叔，你回来了？”

“啊，我昨天就回来了。”陈叔叔走到沙发上翻开垫子找到自己的手机，“吃什么呢？这么香。”

“爸你快走。”陈时寒催促道。

“你爸爸昨天就回来了，为什么昨天和今天还要我送饭啊？”

陈时寒假装没听到，埋头猛吃。

“哦，难怪昨天和今天中午都催我回家午休呢。”陈叔叔回过神来，拿手指点点陈时寒，“原来在骗人家小姑娘送你吃的呢。”

辛意脸都黑了。

陈时寒在旁边清咳一声，“我吃饱了，小意慢慢吃。”又冲陈叔叔说：“爸，那你一会帮她施针哦？她不让我给她扎针。”

“臭小子。”陈叔叔骂了他一声，“你不许跑，在边上看着。”

刚起身想溜之大吉的陈时寒又乖乖坐下了，讨好地望着辛意问：“小意妹妹，那你还要不要我帮你按啊？”

“我要你按。”辛意指明了，看她今天不整死他。

“哦。”看陈时寒的表情，好像还挺骄傲的，“爸，听到没有，小姑娘要我按哦，不要你这个糟老头子按。”

辛意连忙解释，“陈叔叔，你按得比他好。”

陈叔叔“哼”了一声，“我知道，我就是输在了没他帅，是吧？”

陈时寒挠挠头，嘿嘿一笑，“不要这样说嘛，我都害羞了。”

辛意真是百口莫辩，只能在心里暗暗发誓，一会儿要整死他。

陈时寒对此毫不知情，手脚利落地把桌面的碗筷收拾了，然后去洗了手，示意辛意进屋。

辛意爬上床趴下，反手撩开衣摆和裤子，她惊觉自己这才短短几天，就习惯并且适应了露屁股给他看。

而且陈时寒真的每次都表现出，那块肉和腰上的肉没有什么区别的样子。

上次那个美女身材那么好，屁股露了一大半，他也丝毫没有反应。

果然在医生面前是没有性别的吗？

辛意突然想知道，如果她把屁股全露出来，他会是什么反应。

当然，这是不可能试验的。

“是不是在想着怎么报复我呢？”陈时寒冷不丁地说了一句。

辛意被吓得心跳都漏了半拍，她也毫不掩饰，“你知道就好。”

陈时寒笑了笑，“你不作声又没打呼肯定不是睡着了，那就是在打鬼主意。”

辛意被发现了内心的“鬼胎”，没有回答。

“想到什么好主意了吗？”

“没有。”辛意说，“你能不能用点力？没吃饱吗？”

陈时寒没有说话，只是默默加大了手劲。

辛意疼得咬紧了后牙槽，咬碎了牙还要往肚子里咽的滋味真不算好。

“这样呢？”陈时寒故意问，他按了辛意平时最害怕他碰的穴位，果不其然，他手指下的肌肉瞬间绷紧了。

女生埋着头，闷声说：“没什么感觉啊，你是不是不行啊？今天都按得不怎么样嘛。”

“抱歉。”陈时寒憋着笑说，“今天可能状态不好，那我多送你半小时好了。”

辛意终于尝到了自作自受的滋味。

陈时寒用了巧劲，专攻她受不了的部位和穴道。

辛意感觉自己难受得快喘不上气了，不知道是自己整他还是他整自己。

陈时寒突然不知道按了一下她哪个部位，她感觉半个身子都麻了一瞬，又痒又涨，辛意没忍住短促地叫了一声。

她极少会叫出声来，所以这一声吓了陈时寒一跳，他松了手，那个部位又迅速充血回流，很舒服，辛意又长哼了一声。

“疼？”陈时寒问。

“没……”辛意刚开口又改口，“很疼！”

既然装作没感觉会被按得很疼，那装作很疼的话，应该会得到比较温柔的

对待吧？

于是陈时寒一下手，她就"嘶"地喊疼，要不就动来动去。

"抱歉。"陈时寒说，"我轻点。"

语气相当诚恳内疚，辛意都有点不好意思了，毕竟现在是在做理疗，这是陈时寒的工作，是她在治病。

辛意想开口道歉，但是陈时寒又继续开始了。

这一次他的动作很温柔，比以往都要温柔得多，相比一开始的"蹂躏"，这简直称得上是抚摸了。

陈时寒俯身，在她耳侧低声问："这个力道可以吗？小意妹妹。"

辛意忍无可忍，抬头看他，"你正常一点。"

陈时寒抿唇，有些无奈的样子，"哪里不正常了？不都按你的要求来的吗？"

辛意："我错了，休战，OK？"

陈时寒的笑容扩大，倒是很爽快地说OK，"你乖乖的，别动，我重新帮你按，你不要再怪叫了。"

"好。"辛意暂时妥协。

两人非常和平，陈时寒给她按了一个舒舒服服的摩，然后陈叔叔进来给她扎针。

虽然扎针并不算疼，但是每次辛意看到那一排银色的长针都会有点紧张。

陈时寒临走前站在床头弯腰和她平视，笑眯眯地望着她说："不要害怕哦，别看这个针又长又粗，其实一点点都不会痛的。"

辛意内心怨怼之意迭起。

她本来没看针的，听他这么说之后就去看了一眼针。

"别听他瞎说。"陈叔叔安慰她，"又不是全扎进去，你睡一觉就好了。"

扎针的时候她真的睡着了，再醒过来的时候已经在艾灸了，后背热乎乎的。

辛意伸手想碰一下看看是不是在艾灸，刚抬起手往后弯，手腕就被握住了，是陈时寒的声音，"别动。"

辛意迷迷糊糊的，感觉自己在做梦，"肩膀麻了。"

“马上就好。”陈时寒柔声说，还伸手帮她揉捏了一下肩膀。他的手仿佛有魔力，随便按两下，她就舒服多了。

“可以了。”陈时寒拿开艾灸盒扶她起来，辛意睡得脸红通通的，他看了一眼就笑了，他一笑，辛意就警惕起来，“你再说那两个字试试看。”

陈时寒闻言笑得更厉害了，“哦，不是，是想说你的刘海。”

“我刘海怎么了？”辛意摸了一下，发现自己刚刚睡觉的时候压到了，刘海从中间拦腰翘起，形成一个完美的九十度夹角。

那可是她为了挡住来理疗趴后额头压出的痕迹而专门去剪的新刘海啊！

辛意保持着体面的微笑，维护自己最后一点尊严，说：“现在流行这种，日本轻少女刘海。”

陈时寒恍然大悟地点点头，真诚地赞美道：“好看。”

骗骗直男应该还是可以的。

第二天，辛意过去的时候就没有带饭了。

陈时寒在沙发上等她，看见她空手走进来，一脸的失望，“今天没给我带饭啊？”

辛意很诧异，“你没吃饭吗？”

陈时寒委屈地点点头。

辛意：“我以为你爸妈回来了，你会在家吃的，那我一会儿请你吃东西？你想吃什么？”

陈时寒认真思索后，刚要回答，他爹就瞄过来，毫不留情地戳穿他：“今天是谁说妈妈做的鱼香茄子很好吃、很下饭，连吃了三碗饭来着？”

陈时寒欲言又止：“爸啊……”

辛意：“陈叔叔，我先进去了。”

陈叔叔：“去吧，时寒给你按，他吃了那么多是该消化消化。”

辛意：“嗯，谢谢叔叔。”

辛意进了理疗室趴下，陈时寒紧跟其后，一副若无其事的样子，还问她今天吃的什么。

辛意："吃屎。"

陈时寒还问："好吃吗？"

辛意不知道该怎么回答。

之后她没怎么搭理陈时寒，陈时寒这个人倒也不知道"识趣"两个字怎么写，还一直和她在说话。

辛意不想再听他说话了，就开始打呼假装睡觉。

第一声呼声出来的时候，她感觉到陈时寒的手停顿了一下，第二声打得有点虚伪，所以一不小心成了猪叫，然后她就听到陈时寒小声"扑哧"了一声。

她终于知道她睡着的时候陈时寒在干什么了。

在笑她。

之后陈时寒的力道越发温柔，辛意没忍住，真的睡过去了。

后来是被陈叔叔叫醒的，艾灸已经结束了，陈时寒没在屋里。

她穿好鞋出去也没看到陈时寒，陈叔叔戴着老花镜看她，"找时寒？"

"没，没啊。"辛意觉得尴尬，"他出去啦？"

"嗯，他今天返校了。"陈叔叔拿出登记簿看了一眼，"你的理疗还剩最后一天了，现在有没有感觉好一点了？"

"好很多了，现在没有再痛了。"辛意说，她来之前真的是坐立难安，"谢谢陈叔叔。"

"嗯，那就好，平时还是要多注意用腰，不要久坐，注意坐姿。"

"我知道的，陈时寒每天都跟我念叨的。"

陈叔叔笑了笑，"还是他说比较有效，是吧？"

辛意很不好意思，"不是，陈叔叔你说我也听的！"

第二天辛意去的时候，没有看到陈时寒，有点怅然若失。

最后一次理疗做完了，她扫桌面的二维码付款的时候，发现收款人显示是**寒。

"钱转给陈时寒的？"辛意问。

"对，之前是他帮我弄的二维码收款，我年纪大了不懂弄，都是付到他那里的。”

辛意“哦”了一声，转了账过去。然后给陈叔叔看了一眼手机转账界面，“叔叔，转过去了。”

陈叔叔应了一声，“好咧。”

陈时寒大概是在那边收到款了，还给她发了一个“谢谢老板”的表情包。

突然之间，辛意不知道自己该跟他说什么了，毕竟他只发了一个表情包过来，似乎并没有要开始聊天的意思。

她没有回复，收起手机回家了。

之后辛意都没和他联络过，再一次见面，是开学之后没多久，陈时寒到她们学校来开一个健康知识讲座。

那天辛意和舍友从教学楼走出来，发现外面下雨了。

这场雨下得很突然，好多人都没带伞，挤在教学楼门口。

辛意没带伞，打算等一会儿再走，结果门口挤了越来越多人，有个男生撑着伞从外面跑进来，也被堵在台阶上进不去。

他没收伞，他的伞很大，辛意都站上台阶了，还被他的伞扣戳了两次头。后面有人她又不能往后退，只能推了推那个男生，想提醒他收伞，那男的就来一句：“别那么急啊，大哥。”

辛意要气死了，戳她的头不给她道歉还讲她的不是？

“臭猪！”她嘟囔了一句，然后就听到身后的笑声，她刚要回头看，前面的人又动了一下，伞往她的眼睛戳来，辛意刚想躲，有只手从她后面伸过来，帮她挡住了尖尖的伞扣。

那只手又白又修长，辛意愣了一下，刚要回头看，只见那只手用力推了一下伞。

伞的主人回头，本来想瞪辛意的，发现自己的伞被抓住了，就皱眉去扯，没扯动。

“同学，注意你的伞，戳到人眼睛了。”她身后的人说。

辛意微微一震，连忙回头，看到了陈时寒。

这张脸真是又熟悉又陌生，几个月不见，让辛意又意外又惊喜。

“陈时寒！”她没忍住。

“嗨。”陈时寒笑着跟她打招呼，眼睛弯弯的，很好看，“真巧。”

“你怎么来我们学校了？”

“有个讲座，你要走吗？我有伞。”

“我要走过去搭校车回宿舍。”从教学楼到校车搭乘点有几百米，其实她想等雨停了再走。

“我送你过去。”

辛意感觉自己脸都有点发烫了，“那就麻烦你了。”

“没事，走吧。”他转头跟他旁边的男生说了一声，然后带着她走到前面撑开伞，“过来。”

辛意走进了他的伞下。

他的伞很大，足够替两个人挡雨，陈时寒稳妥地把她送到了等车点，那里没有挡雨的地方，校车也还没来，他就没走，继续为她撑着。

雨很大，辛意的视线没处落脚，就望向他，没想到陈时寒刚好也在看她，两人视线相触，陈时寒突然笑了，“还在生气吗？”

辛意被这个问题打蒙了，“生气？”

“嗯？”陈时寒勾着唇，“最后一次帮你按摩的时候，你不是没搭理我吗？之后给我转钱也没说话，我以为你还在生我的气。”

“我没有！”辛意有点着急，“哪有人会气那么久？”

原来他一直以为她还在生气吗？辛意有点懊恼，为什么那天没有回复他的表情包，哪怕回一个表情包也行啊。

“哦。”陈时寒说，“不生气就好。”

校车来了，辛意第一次觉得这该死的校车居然来得这么快，而且因为下雨，等车的人没几个，她不想上车都不行。

“我先上车了。”辛意说。

“好。”陈时寒的声音一如既往的温柔，“下午有空来听讲座。”

“几点开始？”

“三点。”陈时寒翻出手机，“我把位置和主题发你。”

“好哇。”

“上车吧，下午见。”陈时寒冲她挥挥手。

辛意本来回宿舍是想午休的，但因为下午要去听讲座，她特意调了闹钟怕迟到，结果躺到床上后，怎么也睡不着了。

干脆下床换了一套衣服，还洗了脸打算化妆，后来又觉得陈时寒在台上估计也看不到自己，而且要是被发现自己化了妆，好像更奇怪，遂放弃了。

准备出门时，舍友从床上探头出来看她，“鬼鬼祟祟的，去干吗呢？”

“去听讲座。”辛意说。

“稀奇了，你竟然会去听讲座吗？计学时那种？”

“不是，就是一个什么健康讲座。”

“医科大那边来的吗？那我也要去！听说今年请了几个大帅哥来！”舍友立刻就从床上蹦下来了，“等我等我！”

辛意只好带上她。

因为等舍友还耽误了一会儿，到大礼堂的时候，几乎看不到空的位置了。

她们俩只能坐在最后一排靠门的位置。

刚坐下，她就收到了陈时寒的微信，问她来没有。

辛意回复说：已经到了。

陈时寒：坐在哪？

辛意：最后一排靠门。

辛意低着头看手机，在等陈时寒回复的时候，后腰突然被人拿东西敲了敲，她条件反射地反手去抓，抓到了一支笔。

辛意回头就看到陈时寒站在她身后，笑眯眯地提醒她：“注意坐姿。”

辛意连忙挺直腰杆。

对方这才满意地走开。

舍友惊呆了，“辛意！你居然还认识这么帅的男人！”

陈时寒还没有走远，舍友这一声毫不掩饰的尖叫，被他听到了。陈时寒回头冲她笑了笑。

辛意恨不得掐死舍友，“你小点声行不行？”

“你到底做了什么？你快说！”

辛意只好小声把暑假认识他的经过说了一遍，舍友笑到快崩溃，“他居然看过你的屁股了，哈哈哈哈哈哈。”

“你快闭嘴。”辛意急死了，生怕被别人听到了。

“而且他都看过你的屁股了，你们还没发生点什么吗？”

辛意脸都红了，她下意识往台上看去，陈时寒正在入席，不知道是不是这边动静太大，他抬头看了一眼，正好与她视线相触。

“我们是正常的医患关系啊。”辛意辩驳。

“是吗？我看某人已经红鸾星动啰。”

“我没有！”辛意低吼。

这一声吓得前座男生一激灵，回头看了她们一眼。

舍友低笑，一副了然于心的样子，“哦，本来没确定的，看你这反应，我就知道了。”

辛意无言以对。

“不过我感觉他也喜欢你哎，有戏哦。”

辛意：“开始了，别讲话了。”

舍友抬头，然后“哇哦”了一声，“这一次学生会够给力的，邀请的都是大帅哥啊，难怪座无虚席。喂！你男人坐最中间的旁边呢，看来很优秀啊。”

这句话搞得辛意的心怦怦直跳，特别是“你男人”和“优秀”这两个词。

坐中间主讲的是一位老教授，主持人做了开场之后，先是老教授讲了一些大学生心理健康之类的知识，辛意也没认真听，光顾着看陈时寒了。

讲完心理健康，教授另外一边的男生讲卫生习惯，又从卫生习惯引申到两性知识，然后只听得那个男生压低麦克风，说：“接下来这个部分，由我们教授的得意门生陈时寒来为大家分享相关的知识。”

台下掌声一片，陈时寒冲大家笑了一下，简单介绍了自己，然后开始科普两性知识，无非是一些注意安全、注意卫生的tips。他讲得很艺术化，不会太搞笑轻浮，也不会太正经枯燥，这一部分大家似乎都很感兴趣，听得很是认真。

只是辛意看着他，听到从他嘴里吐出“避孕套”“安全措施”“体外”“快感”等词汇时，脑海中会不可遏制地出现一些莫名其妙的画面，然后就觉得脸好烫。

他讲了二十分钟左右后，是一个互动环节，主持人提醒大家现场提问可以获得奖品。

主持人话还没说完，辛意的舍友就把手举起来了，辛意拦都拦不住。

“哦？我看到已经有同学举手了，就是那边那位，角落里穿黄色裙子的女生，来，请我们工作人员把话筒送过去。”

全场学生都扭过头来，陈时寒也望了过来，辛意觉得丢人，连忙低下头避开所有人的视线。

舍友拿着麦克风，朗声道：“我想问一下陈时……”舍友卡了一下，拿开麦克风低头问辛意：“陈时什么？”

“陈时寒。”辛意捂着脸说，“你别跟我说话！”

“哦，陈时寒学长。”舍友说，“你刚刚跟我们分享了很多两性知识，都是基于有性生活的情况下，那么我想问一下，大学生谈恋爱一定要有性生活吗？如果你谈恋爱了，你女朋友不愿意和你发生关系怎么办？”

“好。”主持人很及时地接过话，“提了一个很犀利的问题哈，还是指定了陈学长，我们请陈学长帮我们解答一下。”

一阵掌声中，辛意透过手指缝偷偷看陈时寒。

对方仍然笑盈盈的，偏头凑近话筒，问：“回答之前，我想冒昧问一下，你的这个问题是自己的问题，还是你帮别人问的？”

舍友没有理会疯狂扯她衣袖的辛意，回答：“当然是自己问的，你放心，我朋友还没有男朋友。”

于是所有人都望向辛意。

陈时寒点点头，“好的，我知道了。你的这个问题，我觉得没有什么标准答案。很多人会觉得性是爱情的一部分，水到渠成自然而然就发需了，但是有些人不这么认为。所以无论是不是大学生，性生活都不是谈恋爱必备的，这个因人而异。如果我谈恋爱时我女朋友不愿意和我做这么可爱的事，我不会强求，不过我觉得我这么可爱，我女朋友肯定无法抗拒我这该死的迷人的魅力。”

众人笑。

“好了。”舍友坐下来的时候说，“我喜欢他，我要追他。”

辛意吓一跳，“啊？”

“别紧张，我是说另外一个，刚刚说卫生习惯的那个，那个是我的款。”舍友说，“你喜欢的我怎么会跟你抢？我现在宣布，你们俩可以恋爱了。”

辛意：“你闭嘴好吗？”

结束的时候，舍友疯狂怂恿辛意去帮忙要谈卫生习惯的那个男生的微信，但是教室前后门都被堵住了，两人好不容易才挪到外面，就看到陈时寒和那个男生在前门被一群女生围住了。

“这两人魅力太大了……”舍友叹气，“早知道就坐第一排了。”

“过不去啊。”辛意还被踩了两脚。

“算了，走吧。”舍友把她拉走，“再不走食堂的红烧面又没了。”

两人往外走的时候，辛意不知道为什么，突然回了一下头，陈时寒正护送他们的教授往外走，不知道是不是感觉到了她的视线，也抬头看了一眼。

隔着太多人了，他过了几秒才看到她，然后冲她无奈一笑。

到食堂的时候，她收到了陈时寒的信息，他说：我先回学校了，本来想请你吃个饭的，但是你们学校人太多了。

辛意回复：是女生比较多吧，哈哈哈。

陈时寒发了一个捂脸的表情过来。

“在和他发信息吗？”舍友问，“快帮我要微信！”

辛意只好问他：你那个朋友有没有对象？我舍友想要他的微信。

陈时寒立刻就发了他的微信名片过来，说：刚失恋，让你舍友快拯救他。

事情就这样猝不及防地发生了。

辛意的舍友开始追求陈时寒的朋友。

周末的时候，舍友想约陈时寒的朋友出来看电影。

“但是我觉得直接约他，他可能不太想出来，而且就我们俩可能会尴尬。”

辛意：“所以呢？”

“所以我想让你约陈时寒，让陈时寒也叫上他。”舍友说，“四个人一起去看电影，看完还能去吃个烤肉，多棒啊。”

辛意：“为什么我约陈时寒，他就会出来呢？”

“一定会的，你约试试看。”舍友怂恿她，“难道你不想和他去看电影吗？打着帮我追男人的名号和自己喜欢的人去看电影，不好吗？”

说得好有道理哦。

辛意去约了，没想到陈时寒很爽快地答应了，还承诺一定会把他朋友带出来，还说让他朋友来买票。

舍友高兴坏了。

晚上出门之前，辛意比舍友还要紧张。

“穿裙子会不会显得太正式啊？我毕竟只是你的‘僚机’，而且我每次见他都是穿运动裤什么的，突然穿裙子他会不会不习惯？”

“你考虑得也太多了吧。”舍友笑死了，“挺好看的，就这样吧。”

“不行，还是换裤子吧。”

辛意脱了裙子换裤子，又觉得裙子比较好看，纠结了半天，还是穿上了裙子。

这裙子款式很简单，偏复古，显白，不会太正式。

四个人在电影院里碰头，隔陈时寒他们老远，舍友就小声调侃她：“你今天跟陈时寒是情侣装哦。”

辛意远远看了一眼陈时寒就脑子发昏了。

她今天穿的是一件红色波点的吊带连衣裙、白色凉鞋，陈时寒也穿的同色系T恤、白色球鞋。

这么简单的服饰，他也能穿得这么好看，哎。

本来两位男士坐在那里聊天，她们一出电梯，陈时寒就发现她们了，还冲她们扬了扬下巴打招呼。

他朋友也笑着朝她们招手。

舍友抓紧了辛意的胳膊，“我的妈耶，我好紧张。”

辛意本来还担心气氛会不会尴尬，结果舍友到了跟前很爽朗地跟对方打了招呼，还无比自然地去取票了。

这叫紧张？

“我们去买吃的和饮料吧。”陈时寒回头对她说。

“好哇。”

两人走到柜台前，买东西的时候，辛意抬头看上方的饮料种类，感觉到陈时寒一直在看她，便回头跟他视线相触了。

“怎么了？”辛意问，“我想吃冰激凌。”

“吃吧。”陈时寒说，“没什么，觉得你今天特别好看，这条裙子很适合你。”

辛意愣了一下，然后有些慌乱地转过头，跟售货员说自己要夏威夷口味的。

好烦，这人怎么突然就夸人，让她一点准备都没有。

买完东西，他俩抱着爆米花和饮料往回走，辛意忍不住小声说：“你今天也特别帅。”

陈时寒笑出了声，大言不惭道：“我哪天不是特别帅？”

辛意：“行吧！”

今天的电影时长有点长，而且影厅里冷气很足，辛意坐了没多久就觉得不舒服了。

“是不是冷？”陈时寒发现她抱着手臂，凑过来小声说。

辛意没有注意他靠近了，也没听到他在说什么，于是陈时寒又凑近了一点问。

“有一点。”辛意说，“还好。”

她说完没多久，陈时寒就起身出去了，辛意以为他是去洗手间，结果他去了十分钟，再回来的时候，在她腿上盖了一条小毯子。

辛意很吃惊，“去哪拿的小毯子？”

“跟电影院的工作人员要的。”陈时寒说，“顺便让他们调高一点空调。”

“电影院还有这种服务？”辛意不太相信，“而且你去了十分钟哦。”

陈时寒笑了，“你怎么知道我出去了十分钟？我出去之后你看表了？”

辛意连忙掩饰：“我估计的。”

“我回车上拿的。”他说，“我车上备有毯子。”

辛意被他的体贴俘虏了。

电影的最后十分钟，辛意有点坐不住了，陈时寒很善解人意，小声问她是不是腰不舒服。

其实她还好，只是稍微感到不适，问题不大，但是陈时寒凑过来的时候，她没忍住小小地撒了一下娇，“这座椅太硬了，有点难受。”

“坐过来点。”陈时寒说，“我帮你按按。”

“啊？”

辛意觉得自己快原地升天了。

她靠过去了点，微微侧身把后腰转向他，黑暗中，陈时寒的手摸过来，触碰到她的腰时，辛意感觉自己脑袋简直爆炸了，轰隆隆地响，还在持续冒烟。

这是他第一次隔着衣服给她按腰，却比直接的肌肤接触杀伤力更大。

她能清晰地听到自己小鹿乱撞的心跳声。

“放松点。”陈时寒在她耳后低笑着说，“太僵了我按不动。”

这要她怎么放松？

她放松不下来，陈时寒停了停，提示她：“别叫。”

“嗯？”

辛意还没反应过来，陈时寒就按了一下她的某个穴位，辛意倒吸一口凉气，然后整个身子都软了。

“现在可以了。”陈时寒很满意，笑着说，“疼吗？”

辛意咬牙切齿地回头看他，“你说呢？”

陈时寒看到她两眼泪汪汪的，顿时有点无措，“哭了？”

“没有！应激反应罢了。”

陈时寒笑着继续给她按，按着按着，她舍友突然凑过来问：“你俩偷偷摸摸的，干什么呢？”

恰好此时电影结束，影厅的灯亮了。声音和光线着实吓了辛意一跳，她下意识拍开了陈时寒的手，挺直身子说：“没什么！”

她拍得很突然，力道也不小，“啪”的一声，很清脆。

她回头，对上陈时寒幽怨的目光。

吃饭的地方也在同一个商场，他们步行过去，舍友和陈时寒的朋友走在前面，辛意和陈时寒跟在后边。

“刚刚打到你了？”辛意小声问他。

“超疼！”陈时寒好委屈，他抬起手给她看手背，“看到没有？都红了。”

确实红了一片，一大片。

辛意很是怀疑，“我有打这么狠吗？不会是你刚刚自己拧的吧？”

陈时寒痛心疾首，“哇，在你心里我是这么有心机的人？太让我伤心了吧，好歹我刚刚在电影院还给你按过腰。”

“嘘！”辛意急死了，“小点声。”

“那你得帮我揉揉。”陈时寒说。

“你要不要脸啊？是你自己捏的。”

“说了不是！”陈时寒伸着手催促：“快。”

辛意只好抓住他的手，轻轻给他揉了一下。

“可以了吧？”辛意装作很不耐烦的样子。

“可以。”陈时寒倒是好糊弄，满意地收回手。

四人去吃了烤肉，一开始都是辛意和舍友在烤，后来两个医学生实在看不下去，就接过了工具，一边烤肉，一边给她们上课，从不烤熟不卫生，说到寄生虫，又从寄生虫无限延展开，说得两个女生都快吐了。

“我饱了。”辛意说。

“我也是。”舍友说。

两个男生这才打住，然后屁颠屁颠地跑去给她们拿水果和蔬菜。

“这个真的要少吃。”陈时寒说得很认真，“要是吃不饱，一会儿我再请你们吃别的。”

“你们还想吃什么？”陈时寒的朋友问。

“烧烤！”辛意说。

“麻辣烫！”舍友说。

陈时寒和他的朋友对视，并微笑道：“请问，和这个有什么区别吗？”

最后还是两个男生妥协，带她们去吃了烤鱼。因为他们眼尖地在烤鱼里发现了钢丝，店家额外附赠了他们一条烤鱼，把四个人吃得差点撑死。

于是陈时寒他们还特意选择步行消食，送她们回了宿舍。

那天之后，陈时寒的朋友就和辛意的舍友迅速好上了，火热程度让陈时寒和辛意瞠目结舌。

“他们是在一起了吗？”陈时寒问辛意。

“我不知道，算是在一起了吧？”辛意说，“每天晚上都要语音聊天半小时呢，受不了。”

“我知道。”陈时寒笑着说，“我跟他一个宿舍。”

“刚刚她还跟我说，说要去你们学校找你们玩。”

陈时寒回复她：“来呀，我们学校挺好玩的，网络也好。”

“我才不去呢。”辛意口是心非地说，“干吗要去跟着去当电灯泡？”

话是这样说，但是周末舍友拉她出门的时候，她还是一边吐槽，一边跟着出去了。

去的那天，舍友没有提前说，悄悄地去了，说要给他们一个惊喜。

“你问一下陈时寒他们在哪，我们直接杀过去。”舍友说，“他们最近在赶课题，应该待在一块的。”

“要是不在学校就惊喜了。”

“不会的。”舍友说，“我是看了他的微信运动步数才出门的，他微信步数才

1000多，肯定没出学校。”

说得好有道理。

于是辛意问陈时寒他在哪。

陈时寒没说自己在哪，直接反问她：“你们来了？”

辛意愣在当场。

舍友在旁边对着辛意的电话问：“你怎么知道我们来了？”

陈时寒：“她从来不会主动和我说话，更不会主动问我在哪。”

舍友用恨铁不成钢的眼神看了辛意一眼。

“我们在图书馆，过来吧。”陈时寒笑着说。

辛意和舍友去了图书馆，还没进去，就在窗口发现了那两个人。

“真是在人群中都自带滤镜的帅哥啊。”舍友感慨，“等我先偷拍两张再进去。”

结果她的手机没有调静音，拍照的时候“咔擦”一声非常清脆，馆里的人都回头看她俩，陈时寒也抬起了头。

辛意都想马上转身离开了，太丢人了。

更丢人的是，他们学校的图书馆要刷学生卡才能进去，她们在门口就被拦住了。还好陈时寒的朋友及时给她们送了两张卡过来。

“陈时寒说你们这几天可能会过来玩。”他刷了卡带她们进去，“所以一早就让我多借了两张卡备着。”

辛意看过去，陈时寒在桌子那边摘下耳机，笑眯眯地冲她招了招手。

“在赶材料，你自己找本书来看，乖。”舍友坐下之后，辛意听到陈时寒的朋友温柔地说。

而她坐下之后，陈时寒说的是：“怎么一坐下就跷二郎腿？放好。”

真是的，明明是很温柔很细心的一个人，怎么每次说话都这样呢？

辛意乖乖放下了二郎腿。

舍友去找了本书，辛意也去找了，没翻两页就看不下去了。

舍友在旁边已经开始追剧了。

辛意没带耳机，她望向陈时寒。

感受到她炽热的视线的陈时寒抬起头，看了看她，又看了看她舍友，摇头，“想都不要想。”

辛意叹气，趴到桌子上，想了想，又拿过他面前的笔记本和笔，写下一句话：“好无聊啊，想睡觉，等会要是睡着打呼了，可能会丢你的脸哦。”

陈时寒看到她的字，笑得捂脸，最后还是把耳机借给她了。

舍友在旁边看综艺，笑得花枝乱颤。

辛意在这边看连续剧，哭得梨花带雨。

陈时寒的朋友给舍友比“嘘”的手势，陈时寒给辛意递纸巾。

最后陈时寒也不写材料了，合上电脑托着下巴饶有兴致地看她哭。

辛意被看得哭不下去了。

“在看什么？”陈时寒小声问她。

“《恋恋笔记本》。”

他伸手摸了摸她的脑袋，“你继续看吧。”

辛意微微一怔。

陈时寒这个动作格外自然，自然得就好像在摸跑到他桌子上的猫一样，摸完之后他就收回了手，重新打开电脑开始写东西。

实际上电影后半段在说什么，辛意没怎么看进去。脑袋中一直在回放着他摸自己脑袋的那个动作，还有当时的触感。

后来因为舍友笑得太厉害了，他们担心影响到别人，于是决定转战去咖啡厅。

陈时寒他们学校的咖啡厅环境挺好的，离宿舍和教学楼较远，很安静，也没什么人。

他们找了角落的位置坐下，因为舍友第一时间就坐到了陈时寒朋友的旁边，所以辛意也只能挨着陈时寒坐了。坐得这么近，她紧张得要命。

陈时寒的朋友点好了东西，笑着跟舍友说：“现在你可以笑出声了。”

好宠溺哦。

而陈时寒只会坐下就看她的腿，检查她有没有跷二郎腿。

“我没翘我没翘。”辛意自觉说。

陈时寒很满意地“嗯”了一声。

她和舍友继续看剧，两个男生专心致志地写东西，但没多久，就有人在咖啡厅外面敲了敲窗户玻璃。

四人同时抬头望去，外面是两个女生，其中一个是上次辛意在理疗室见过的屁股很好看的女生，辛意记得。

陈时寒的朋友笑着跟她们打招呼，那两个女生转身进了咖啡厅，舍友马上冲辛意使了个眼色，询问怎么回事。

但是辛意来不及回复她，那两个女生就走到了他们的桌子面前。

“在赶课题啊？”那个屁股翘翘的女生站在陈时寒旁边，语气亲热，动作自然地凑过去看他的电脑屏幕。两个人靠得很近，近得坐在陈时寒旁边的辛意都能闻到她身上的香水味。

陈时寒倒是没让她看，立刻就合上了电脑，“我们可是竞争关系。”

女生耸肩，“不就是5000块的奖金嘛，我让给你都可以，怎么可能会剽窃你的内容呢？”

另一个女生在陈时寒的朋友旁边坐下，亮出自己手上的平板，笑着说：“我们已经做完了，可以给你们参考哦。”

陈时寒的朋友眼睛一亮，“可以可以，来来。”

舍友瞪了他一眼，他马上就改口：“算了，我们有陈时寒，不需要参考你们的。”

两个女生咯咯笑作一团，“也是。”又问他们：“你们吃饭了吗？一起吃？”

陈时寒的朋友望向陈时寒，陈时寒看了辛意一眼，回答：“还没。”

“那就一起在这里吃吧，他们家的新品很不错哦！”女生说完立刻叫服务员拿了菜单过来。

舍友和辛意对视了一眼，接着舍友拿出手机，噼啪打字发给辛意。

舍友：情敌？

辛意：我不知道。

舍友：你也太蠢了吧？

辛意觉得不对劲，重新敲字：是不是你情敌我不知道，但是不是我的。

舍友：瞎子都看得出来，她喜欢陈时寒好吗？

辛意：所以？和我有什么关系？

舍友：还装？瞎子都看得出来你喜欢陈时寒，好吗？

辛意手心发汗，不知道要怎么回复，恰好此时陈时寒转头把菜单递给她，“想吃什么？”

就那么一瞬，辛意感觉他似乎看到她的手机屏幕了，但是不知道看到了多少内容。

她心慌意乱地把手机反盖到桌子上，扫了一眼菜单，随便点了一个，“我想吃这个千层熏鲑鱼。”

“我也想吃这个哎。”那个女生托着腮笑眯眯地说，“那要两份这个吧。”

“抱歉，鲑鱼今天厨房的食材只够做一份哦。”服务员为难地说。

“那你吃吧。”辛意马上让出来。

话一出口，舍友就在下面踢了她一脚。

辛意假装没感觉，悄悄收回脚，舍友又踢了一脚，这一脚踢了个空，她再踢了一脚，这次踢到别人了。

陈时寒的朋友在旁边委屈地看了她舍友一眼，“你踢我干吗？”

“你吃吧。”那个女生意味不明地说，“你先想要的嘛，先到先得。”

“先到先得”这四个字她是咬着牙说的，辛意觉得很为难，她好像吃也不是，不吃也不是。

“那就都别吃好了。”舍友很生气地说，“陈时寒你说是吧？”

瞬间空气都凝固了似的，辛意觉得很难堪，她和陈时寒其实什么都没有，现在陷入这样暧昧的局面，好像她在吃什么醋一样，陈时寒一定很讨厌这样。

“我吃意面就好啦。”她很努力地维持着笑容，抢在陈时寒面前说，“我要这个意面，谢谢。”

她能感觉到陈时寒在看着她，她笑容也没收回去。

“那我就不客气了哦？”女生在旁边说，“我要鲑鱼。”

该死的陈时寒，还在看她。

辛意不敢抬头，怕自己情绪泄露，陈时寒却突然用食指碰了碰她的眼尾，歪着脑袋问她：“哭了？”

“啊？”辛意这才抬头看他。

对方笑意盈盈，“还以为你吃不到鱼就哭了。”

“怎么会？”

“想吃的话，一会儿忙完再带你出去吃。”他的手指还停在她的眼尾，轻轻摩挲着，“这里的鱼不新鲜。”

舍友在对面“扑哧”一声笑了。

辛意心跳得快要蹦出来了，她偏头躲开他的手指，嘴硬地说：“我不爱吃鱼。”

“哦？”陈时寒收回手，“不爱吃就算了。”

舍友又在桌子底下恨铁不成钢地踢了她一脚。

结果没想到，当天晚上回去之后，舍友就跟陈时寒的朋友在一起了。

辛意都惊呆了，“什么时候啊，吃完饭你不是和我一起走的吗？你们没有单独相处的机会啊。”

“我走的时候不是挺不高兴的嘛，然后在路上他就一直在跟我发信息解释，说那两个女的和他没有关系什么的，然后我就说：‘你跟我解释干吗呀’，他说怕我生气。”舍友说，“我就问他为什么怕我生气，他说因为在乎，然后我就说，话都说到这份上了，你不表个白合适吗？然后他就说喜欢我，问我愿不愿意做他的女朋友。”

辛意无言以对，“为什么别人的爱情这么轻易就到手了？”

舍友笑个不停，“这种可可爱爱的小直男，对我来说不就是手到擒来嘛，就你那个陈时寒比较难搞而已。”又说：“其实我说实话，一开始我真的不是想追他，我就是看你对陈时寒有意思，怕你不敢上，所以故意找借口接近他朋友，给你创造机会见他的。”

“我对他没意思！”

舍友叹气，“小可爱，你什么时候才能不那么嘴硬啊？你知不知道，你如果一点都没有表现出对别人有好感的话，别人也不会主动的。”

辛意：“睡了，晚安！”

她爬上床，实际上一点睡意也没有。

陈时寒给她发信息：他们俩在一起了！

辛意回复：我刚刚知道。

陈时寒：那我们俩算红娘吧？

辛意：肯定得算。

陈时寒：改天要让他们请吃饭才行。

辛意发了一个哈哈笑的表情，发完之后陈时寒没有立刻回复，她意识到自己又冷场了。

她不知道自己应不应该再说点什么，盯着屏幕看了半天，刚打算退出时，陈时寒发了一张图过来。

照片拍的是他的书桌和电脑屏幕，屏幕上密密麻麻都是字。

辛意发了个问号过去。

陈时寒：今天被你们这么一闹，作业都没写完。

辛意顿时有点过意不去了，她回复：今晚要熬夜了吗？明天要交？

陈时寒：哎。

陈时寒：那个狗东西又在和你舍友视频，都不管了。

辛意：我帮你做吧？

陈时寒：你确定？

然后他发了两个文件包过来，问她：你能帮我从这两份资料里找出@#%*来吗？

辛意一头雾水：哈？

她没太听清楚，但是打开文件包就立刻关掉了，“我放弃了，哥，你自己来吧。”

然后发了一个告辞的表情包过去。

那些术语，她都不认识。

陈时寒：哈哈哈。

辛意：我可以陪你熬夜。

陈时寒：你睡吧。

辛意：没事，我陪着你。

陈时寒：这真是我认识你这么久，第一次被你感动到了。

辛意：嗯？之前给你带饭不感动吗？

陈时寒：那不是感动，是心动。

辛意“心肌梗死”了一下，都不知道要怎么回复了。

他对她……心动了吗？

也就一秒钟的工夫，陈时寒撤回了那句话。

辛意想了想，回复：撤回干吗，我已经看到了。

陈时寒说：哦，看到就看到吧。

然后又把那句话重新发了一遍过来。

辛意无言以对。

陈时寒：会做目录吗？

辛意：我会！

陈时寒：那来帮我做目录。

辛意：好！

她没想到他那个破目录，她也弄了一个多小时。

发给陈时寒的时候，对方可了劲夸她，弄得她非常不好意思。

辛意：我手动做的目录，做完之后才发现目录可以自动生成。

陈时寒：哈哈哈哈哈哈，可爱。

辛意：啊？这可爱什么了？

陈时寒：你快睡吧，很晚了。

辛意：好。

陈时寒：……好？

辛意：不好？

陈时寒：你也不关心一下我做得怎么样了。

辛意：那你做完了吗？

陈时寒：做完了，嘻嘻，可以睡觉了。

辛意：睡吧，傻子。

陈时寒：睡吧，呼噜鬼。

辛意：我杀了你！！！

第二天一大早，辛意就被舍友的声音吵醒了，迷迷糊糊听到她在说：“……你要是个男人，喜欢，你就说，不喜欢就别瞎撩，很好玩吗？我管你是不是……别那么多借口好吧……”

然后舍友停顿了一下，噌的从床上坐起来，“大哥，你和我打电话放什么扩音？刷牙就刷牙，扩音干吗！你没有耳机吗？挂了！拜拜！”

辛意捂着脸坐起来，“怎么了啊，一大早吵架。”

“不关你的事！”舍友气呼呼地说。

辛意也没理她，躺下打算继续睡，但是越想越不对劲，于是又坐起来，“你刚刚是不是在跟你男朋友聊我？”

“没有啊。”舍友支支吾吾的，“你睡你的，管那么多。”

实际上舍友刚刚就是在跟男朋友吐槽陈时寒这种不主动的行为，没想到陈时寒就在旁边，还让他听到了，他还在那头淡淡地说了句“管得还挺宽”。

舍友刚挂了电话，辛意又坐起来，一脸严肃地看着她，问：“你是不是有什么事瞒着我？”

她更慌了，连忙摆手：“我没有！”

“为什么我看朋友圈有人发我在陈时寒他们学校图书馆的照片？”

“真不是什么大事……”

“你告诉我。”

“好吧，我说了，你别生气。”舍友说，“就是有人偷拍了你在图书馆看电影哭的照片，然后投稿到‘江北大学生联盟’那个账号，说你跟医科大的‘高岭之花’陈时寒告白被拒绝，当场哭了。”

辛意的脸一下子变得惨白，“什么时候发的？”

“今天早上，不过你别紧张，我早上看到马上就去骂那个博主了，他已经删掉了。”

那个号有十万多个粉丝，活跃度很高，估计这会已经有很多人看到了。从她能在朋友圈刷到这张照片就能证明，传播度很高。

辛意情绪不好了。

“不过我突然想到一个办法！”舍友很激动，“你想不想试试？”

“什么啊。”辛意无精打采的，“我现在想去死一死。”

“可以试探陈时寒喜不喜欢你啊，你不想知道吗？”

辛意白了她一眼，“你好无聊。”

“你先听我说好吗？我保证这个方法很妙，就算他不喜欢你，也不会影响你们之间的友情！”舍友说，“如果他喜欢你，那这个方法绝对是逼他向你示好的最佳方式。”

“如果不喜欢呢？”

“不喜欢，你也不需要再提心吊胆地在他身上浪费时间啦。”

辛意动摇了。

“反正你从现在开始，不要回他信息，剩下的我来处理！”

辛意看了看手机里陈时寒给她发的信息，有些犹豫，“他问我在干吗。”

“别回！”舍友不由分说抢过她的手机，“也别出宿舍，你想吃什么我给你带。”

辛意：“那你到底想干吗啊？”

“别问。”

她没有回陈时寒的信息，陈时寒似乎问了他朋友，于是他朋友打电话来问舍友，旁敲侧击地问辛意怎么了。

舍友就开始了她的表演，说辛意“一天都没出门，就闷在被子里，看起来心情很不好”，还说她“以前喜欢过一个渣男，渣男有女朋友，但是没有告诉她，她表白之后，被渣男女朋友羞辱过，所以她现在对喜欢的人都不敢表露心意”。

辛意差点跳起来捶她，扯谎也扯得太离谱了吧？

她开的是免提，辛意听到在她说完这些之后，陈时寒在那边问了一声：“她现在怎么样了？”

一听到他的声音，辛意就脑袋发热，差点脱口而出“我没事”，但被舍友及时用眼神警告了。

“不理人，在被窝里呢。”

“你让我跟她说两句话。”

“我试试。”舍友说，“辛意，陈时寒找你。”

舍友疯狂用眼神示意她。

辛意束手无策，她到底该怎么办？

“她不理我。”舍友一个人演得非常起劲，“要不你说，我放扩音，她能听见的。”

电话那头沉默了半分钟吧，然后陈时寒才开口，声音温柔中透着小心，“小意，你别生气了，我们学校的人都比较无聊，我刚刚已经给那个博主发私信澄清了。”

辛意没有说话。

“听得见吗？”陈时寒问，“你理我一下好不好？”

辛意差点就开口了，但是手机被舍友拿走了，“她没动。”

陈时寒在那边笑了一下，“你确定她真的在被子里吗？”

“在的！”

“那她怎么可能不理我？”陈时寒很费解，“她睡着了吗？你有没有听到她打呼噜？”

辛意握拳。

舍友都差点笑出声，“没睡吧，没有听到打呼噜。”

“难办。”陈时寒说，“我现在过去一趟吧，等会儿电话联系。”

电话挂了，辛意拿头砸床，“他要过来，啊啊啊啊，怎么办啊，啊啊啊——”

“不慌！”舍友倒是很高兴，“看得出来，还是对你很上心的！”

“我先洗澡换衣服。”

“不行啊，你的戏份是在被窝里躺了一天的，怎么能洗澡？”

"我总不能穿睡衣出去吧！"

"你快换你那件小吊带睡衣！洗个头！画个裸妆！"

辛意飞速地进了洗手间。

二十分钟之后，她穿着吊带睡衣出来，急吼吼地问："他到了吗？他到了吗？"

"别慌！他最少要半小时呢！头发不要吹太干，带点湿润很性感！配你那个'绿野仙踪'的内衣！快！"

辛意又去换了内衣，然后精致地化了个男人完全看不出来的底妆，裸粉色口红，打了高潮腮红。

"你这个妆绝了，但是如果他亲你的话，一下子就会发觉你化妆了。"

舍友说得她耳朵都要冒烟了，"怎么会亲我！？"

"他要是不亲就是怂！"

辛意更紧张了，"你快看看，我这样会不会太心机了？会被发现吗？"

舍友来不及安慰她，手机就响了，她接通了，陈时寒在那边说："我到你们宿舍楼下了。"

"我马上！"舍友说，"给你把辛意带下去。"

辛意都快哭了，他怎么就到了？

"快下去！"

辛意反悔了，"我不去！你就跟他说，我死了吧。"

"你给我滚下去！"

辛意被舍友拎下楼了。

她真的是非常抗拒，特别是看到陈时寒身影的瞬间，她下意识就转身想跑，被舍友拦腰抱住，她还冲陈时寒喊了一声。

其实她不喊，陈时寒也已经望过来了，他站在宿舍门口，隔着栅栏，手插兜站着。

辛意被推搡着到了门口，几乎不敢看陈时寒的眼睛。

陈时寒看了她半晌，突然轻轻叹了口气。

这声叹息几乎叹到了她心口里，她抬望进了陈时寒的眼睛里。

“你看到微博了吗？”他问。

辛意“啊”了一声，“什么微博？”

“‘大学生联盟’的那条微博。”

“没有。”辛意以为他说的是舍友提的那个微博，脸都白了一分。

“现在看。”陈时寒说。

“不是删了吗？”

“不是，是我投稿解释的。”

辛意不明就里，打开手机找微博，第一条就是一个投稿的私信截图，辛意点开截图，是一段很简短的话，但是她看了好几遍才看明白。

“博主你好，我是昨天你发的微博里的男生，怕对她造成不好的影响，所以想跟你解释一下。那个女生不是表白被拒了哭的，而是看电影哭的，实际上如果她跟我表白了，肯定不会哭的，因为我会点头。”

辛意有点蒙，“这是我舍友投的稿吗？”

陈时寒无奈，“我投的。”

辛意更蒙了，“你这是什么意思？”

“我的意思很明显了，但是我觉得你肯定不会开口，所以还是我开口吧。”陈时寒垂眸望着她：“辛意，我喜欢你。”

辛意心跳骤停了一瞬：“真的吗？”

陈时寒笑了笑：“真的。”

“为什么喜欢我？”

“啊？”陈时寒停了一下，看起来有点苦恼，“为什么问这个问题？我怕我说了，你会生气。我觉得我喜欢你，是暑假就开始了吧，我说你打呼，你生气，然后有一次你为了不搭理我，装睡打呼，但是你不知道，其实你根本没有打过呼。”

辛意脸上的傻笑都消失了，“你说什么？”

陈时寒勾着嘴角，“你都不知道你有多可爱。但是我回学校之后，你就没理过我，我觉得你应该不喜欢我吧。那段时间也特别忙，后来你们学校的人邀请我们过来开讲座，我马上就悄悄跟我们导师说，我要来。那天躲雨，我站在你后面，本来没发现你，低着头想给你发信息告诉你我在你们学校，结果抬头就看到你了。”

陈时寒的声音很低，他也有点不好意思，“当时我就觉得，嗯，这女生一定要是我的女朋友。”

辛意心都快化了，“陈时寒……”

“嗯？”

她不太好意思讲，低着头在手机上打了一段话，然后举着手机给他看。

陈时寒顺势握住她的手，就着她的手看向屏幕，一字一顿地念出声来：“我，比，你，想，象，中，的，要，喜，欢，你，你，知，道，吧？”

辛意急了：“别念出来啊。”

陈时寒将她的手拉到嘴边，亲了亲，“现在知道了。”